설렘

대륙횡단열차 14400km의 여정

자 작 나 무 와 분 홍 바 늘 꽃 사 이

일러두기

* 이 책은 여행가이드가 아닙니다. 이 책은 시집이 아니며 에세이도 아닙니다.
  그림 · 사진집 역시 아닙니다. 다만 추억과 그리움을 담았을 뿐입니다.
* 이 책에 수록된 인명과 지명, 역사적 사실은 실제와 다를 수 있습니다.
* 책을 간행하는데 많은 도움을 준 사람들 모두에게 감사를 전합니다.

설렘   대륙횡단열차 14400km의 여정
자작나무와 분홍바늘꽃 사이

펴낸날 2015년 12월 30일

지은이 김호경 이승현 김인철   만들어 펴낸이 오성준   펴낸곳 아마존의 나비
본문디자인 Moon & Park   인쇄 이산문화사
출판등록 제25100-2015-000037호   주소 서울시 서대문구 연희로 77-12, 505호(연희동, 영화빌딩)
전화 02-3144-3871, 3872   팩스 02-3144-3870   웹사이트 info@chaosbook.co.kr
ISBN 979-11-954108-7-3 03810

정가 15,000원

아마존의 나비는 카오스북의 임프린트입니다.

설렘

대륙횡단열차 14400km의 여정

자작나무와 분홍바늘꽃 사이

글 **김호경** | 그림 **이승현** | 사진 **김인철 · 이승현**

아마존의나비

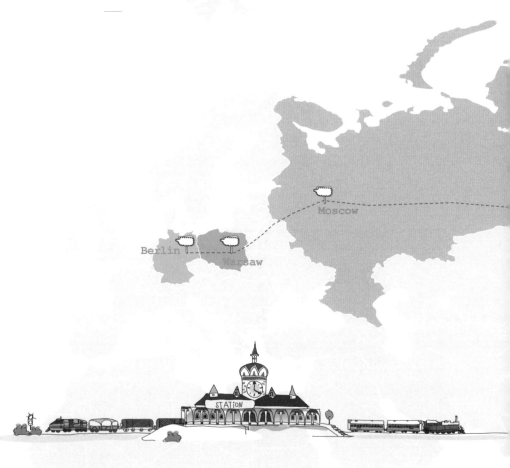

프롤로그

대륙횡단열차를 타다 | 그곳에서 누구를 만날까 **6**
Trans–Siberian Express

동방을 지배하다 | 아무르강은 잠들지 않는다 **38**
블라디보스토크 | **Vladivostok**

호수에 빠지다 | 물결의 속삭임을 놓치지 마라 **66**
바이칼 | **Lake Baikal**

휘황찬란하거나 엄숙하거나 | 낮보다 밤이 더 화려하다 **106**
모스크바 | **Moscow**

Lake Baikal

Vladivostok

가장 깊은 슬픔을 간직한 도시 | 그 상처는 다 아물었을까 **148**
바르샤바 | **Warsaw**

분단의 땅에서 눈물 짓다 | 둘이 하나 되는 것의 어려움 **198**
베를린 | **Berlin**

그리고 남은 이야기들 | 나의 발자국은 지금도 그곳에 남아 있을까 **240**
And Others

에필로그 283
언젠가는 살아서 만나리……

대륙횡단열차를 타다 | 그곳에서 누구를 만날까
Trans-Siberian Express

창가의 여인
Oil on Canvas(34.8×22)

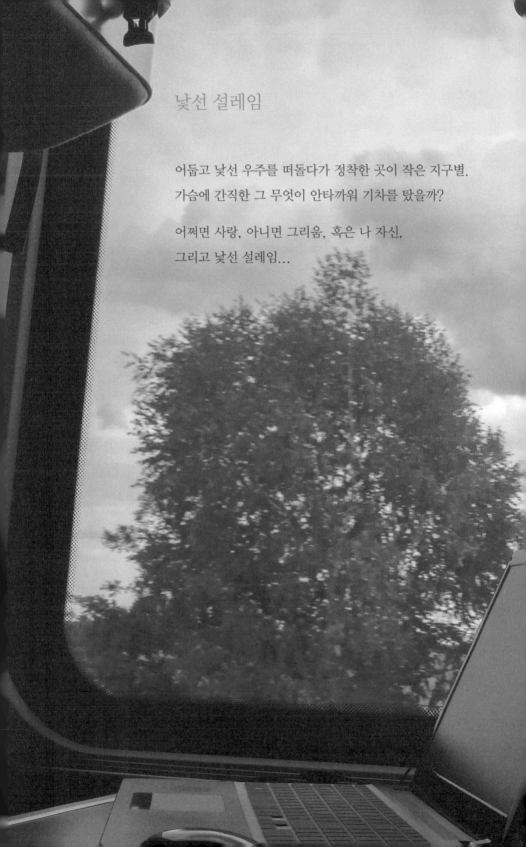

낯선 설레임

어둡고 낯선 우주를 떠돌다가 정착한 곳이 작은 지구별.
가슴에 간직한 그 무엇이 안타까워 기차를 탔을까?

어쩌면 사랑, 아니면 그리움, 혹은 나 자신,
그리고 낯선 설레임...

그것이 무엇이든 기차는 달린다.

기차 속에서 할 수 있는 가장 좋은 일은 창밖의 풍경을 바라보는
것이다. 아무런 생각없이!

스쳐 지나가는
낯선 풍경, 사람들, 마을, 들판, 나무, 전봇대, 첨탑을 바라보노라면
지난 추억이 떠오르고, 아련한 옛사랑이 떠오르고,
희미한 기억 속의 사람들이 떠오른다.

그렇기 때문에 마주앉은 두 남자는 침묵을 지키며 창밖만 응시한다.

행복은 현재와 관련되어 있다. 목적지에 닿아야 비로소
행복해지는 것이 아니라 여행하는 과정에서 행복을 느끼기 때문이다.

– 앤드류 매튜스

설렘_ 자작나무와 분홍비늘꽃 사이

그대가 시인이라면

시인 박목월은
"구름에 달 가듯이 / 가는 나그네
길은 외줄기 / 남도 삼백리"
라고 노래했고,

한하운은
"가도 가도 붉은 황톳길
숨막히는 더위 속으로 쩔름거리며
가는 길"
이라 읊었고,

김광균은
"길은 한 줄기 구겨진 넥타이처럼 풀어져
일광(日光)의 폭포 속으로 사라지고"
라고 서술했다.

그대가 시인이라면
대륙횡단열차가 달리는 철로 옆의 이 진흙탕 길을
어떻게 노래할 것인가?

떠날 준비

여행 떠날 준비가 되었나요?
가방은 매끈하게 꾸리셨나요?
우리는 준비를 마쳤답니다.

이제 트랙에 발을 오르면 기차는 떠나고
낯선 곳에서 당신은 아침을 맞고
반가운 사람들은 보이지 않고
갈증이 날 수도 있습니다.

그래도 떠나시겠습니까?
우리는 준비를 다 마쳤답니다.
낯선 곳에서 홀로 외로움을 이겨낼 자신이 있다면
우리와 함께 떠나세요.

두려움 같은 것은 모두 떨쳐버리고....
오라잇!

설렘_ 자작나무와 분홍비늘꽃 사이

희망을 품고 여행하는 것은 목적지에 도달하는 것보다 훨씬 낫다.
그러기에 진정한 성공은 노력하는 과정이다.

– 스티븐스

14400을 견딜 수 있을까

동쪽 끝 블라디보스토크에서 모스크바까지 몇 km인지 아십니까?

답이 기둥에 새겨져 있군요.
무려 9288km입니다.

서울에서 부산까지 416km, 대략 23번을 가는 거리입니다.
그런데
모스크바 − 벨로루시 − 폴란드 바르샤바 − 독일 베를린까지는 2612km를
더 가야 합니다.
2015년 7월 14일 출발한 '유라시아 친선특급 열차'는 총 14400km를 달렸습니다.
서울에서 부산까지 35번을 달린 거리입니다. 19박 20일 동안!

지루했을까요?
천만의 말씀!

그대가 상상하는 이상의 기쁨과 열정, 재미와 슬픔, 배신과 서운함, 놀람과
감동, 갈등과 사랑, 미움과 즐거움이 있습니다. 죽기 전에 꼭 한번 이 모든 것을
내 것으로 만들길!

그대를 보내는 노래

이국의 언어와 흥겨운 멜로디가 울려퍼지는 플랫폼.
의미를 정확히 파악하지는 못해도
"잘 가세요, 잘 가세요~~"
노래일 것이다.

민속 의상을 입은 러시아 가무단의 환송을 뒤로 하고
기차는 떠난다.

분명 그 역의 이름을 들었으련만 떠오르지 않는 이유는
복잡한 지명 때문이 아니라 석별의 노래에 마음을 빼앗겼기 때문이리라.

어쩌면 두 번 다시 볼 수 없고,
두 번 다시 들을 수 없는 사람들과 노래....
텅 빈 내 가슴에 새기고
기차는 떠난다.

강은 잠들지 않는다

강은 고요히 흐른다.
상처나 슬픔은 깊숙한 곳에 간직하고
강은
아무렇지도 않은 듯 흐른다.

우리는 그 강에 고개를 숙여야 한다.

나는 푸른 하늘빛에 호저 때없이 그 길을 넘어
강가로 내려갔다가도 노을에 함뿍 자주빛으로 젖어서 돌아오곤
했다.

그 강가에는 봄이, 여름이, 가을이, 겨울이
나의 나이와 함께
여러 번 댕겨갔다.

― 김기림 '길'

강에서 길을 찾는 것은 시인의 지혜이자 달관일 것이다.
저 소리없이 흐르는 깊은 강을 마주하며
우리는 나의 길을 찾아야 하지 않을까.

노을이 지는 강가
Oil on Canvas(90 × 40)

자작나무의 향연 그리고 대평원

이것은 병풍이 아니다. 이것은 나무들이 아니다. 이것은 향연이다.

러시아는 우리에게 세 가지를 각인시켜준다.
첫째, 광활함
둘째, 자작나무
셋째, 러시아 미녀

너무 넓어서 놀라고… 동쪽에서 서쪽까지 보통 14일을 달려야 한다.
끝없는 자작나무에 질리고… 스스로 뻗어올랐는지, 사람들이 심었는지 알 수 없다.

미녀들의 아름다움에 쇼크를 먹는다... 그러나 중년을 넘어서면?

무수히 많은 자작나무들은 한결같이 줄기가 가늘다. 아름드리가 없는 것이
아쉬움이기는 해도
그토록 많은 자작나무가 한 땅도 쉬지 않고 9000km에 걸쳐 자란다는 것이
신기하기만 하다.
끝없는 시베리아 벌판의 자작나무들에 흰 눈이 쌓인 광경은
상상만 해도 숨이 막힌다.
그러기에 러시아 여행에서 돌아오면
눈을 감을 때마다 자작나무가 떠오른다.

기다림의 변주곡

신호가 바뀌면 기차가 오겠지
기차가 오면 내 님도 탔겠지

님은 안 타도 편지야 탔겠지
오늘도 플랫폼에서 기다린다.

님이 오시면 이 설움도 풀리지
얼었던 강물이 풀리듯 내 사랑도 오겠지.

　　　　　　　　　　　　　　－ 김동환 시 '강이 풀리면'의 변형

벨로루시였던가, 바르샤바였던가.
전봇대에 기대 하염없이 기차를 기다리는 여인

어느 곳으로 가서
누구를 만나려 저리 기다리는 것일까?
그곳에 님이 있을까? 사랑이 있을까?

비둘기와 친구를 삼으려는 여인. 비둘기에게 모이를 주는 것이 좋은 일일까, 나쁜 일일까?

사람은 사랑을 하면 현명해질 수 있지만,
현명하면 사랑을 하지 못한다.

– 푸블릴리우스 시루스

유럽도 식후경

일단은 먹어야 한다. 그래야 구경도 하고, 감탄도 하고, 사진도 찍는다.
먹는 곳이 꼭 식당일 필요는 없다. 열차 통로에 앉아 사발면 먹으면 어떠랴.
평생 잊지 못할 추억이다.

근사한 식당칸을 놔두고
빨래가 줄줄 널린 대륙횡단열차 통로에 옹기종기 쭈그리고 앉아
밥 한 술 먹으면 그것이 우리네 사는 모습이다.

든든히 먹고,
자! 낯선 곳으로 감동을 찾아 또 떠나보자.

음식에 대한 사랑보다 더 정직한 사랑은 없다.
  - 조지 버나드 쇼

꽃은 스스로를 뽐내지 않는다

분홍바늘꽃!
블라디보스토크를 출발해
모스크바에 닿을 때까지 철로변에 가장 많이 피어있던 꽃,
흰 자작나무와 더불어 영원히 잊지 못할
분홍색으로 기억되는 꽃

너 왜?

하늘을 지붕 삼고, 플랫폼을 방 삼아 살아가는 강아지.
그래서 외모는 추레해도
집은 넓다.

비록 지금 잠깐 굶주릴지라도
곧 승객들이 던져주는 빵 한 조각에 배가 부를 것이다.

주인의 쓰다듬은 없어도,
이름조차 없어도,
비를 피할 곳이 있고
드넓은 집이 있으니
강아지야,
너는 행복하니?

기차는 겉과 속이 다르다

대륙을 횡단하는 침대칸 기차에 타면 여기가 바로 내 집!.
앉으면 의자, 누우면 침대가 되는 곳에서
이야기를 나누고
밥을 먹고
책을 읽고
잠을 자고
토론을 벌이고
사랑을 고백하고
빨래를 하고
컴퓨터를 하고
술을 마시고
편지를 쓴다.
그러다가 내려서 호텔에 가면 그곳은 남의 집!

침대열차는 그런 향수심과 안락함을 준다.
죽기 전에 한번은 그 묘한 감정을 느껴보시길.

담장 너머의 세계

구멍을 뺑 뚫어놓은 이유는
담장 밖을 보라는 배려일 것이다.
들여다보면
역시나 신기한 것은 없다.

오래된 벽과
벗겨진 페인트, 세월의 흔적...
그럼에도 굳이 들여다보려는 이유는
저 너머에
또 다른 삶이 펼쳐져 있을 것이라는
호기심 혹은 기대 때문이다.

그 기대가 우리를 낯선 설레임으로 이끈다.

구도자의 바른 모습

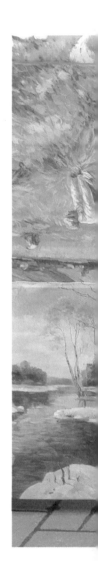

나는 이러한 사람이 되지 못한다.
너도 이러한 사람이 되지 않기를 바란다.

모스크바 아르바뜨 거리에는 볼 것도 많고
동상도 많고, 선물가게도 많고 무명 화가의 그림도 많다.
그만큼 구경꾼도 많고 그 구경꾼을 유혹하는 사람들도 많다.

이름을 알 수 없는 화가가 심혈을 기울여서 그렸을
이 구도자는, 그 모습을 말없이 지켜보았을 것이다.

심오한 이 그림을 막상 돈을 주고 사서
집에 걸어놓기는 망설여지지만
언젠가는, 누군가의 '인생 나침반'이 되리라.

설렘_ 자작나무와 분홍비늘꽃 사이

여행의 동반자들

나는 알지 못한다.
누가 이 기차를 운전하는지,
누가 안전을 책임지는지
누가 화장실을 청소하는지...

다만 식당칸의 요리사는 알고 있다.
그들은 우리에게 일용할 양식을 주기 때문이다.

오지랖이 넓다면 이름을 물어보았을 테지만
러시아 이름은 복잡하기에 그냥 넘어간다.
어쩌면
남자는 이블로스키, 바실리, 이고르일 것이고
여자는 소냐, 나타샤, 빅토리아
중 하나일 것이다.
그 이름이 무엇이건 우리에게 한 끼의 식사를 마련해주어서
감사합니다.

나는 당신을 사랑한다.
당신의 존재를 위해서뿐만 아니라
당신과 함께 있는 나의 존재를 위해서도.

　　　　　　　　　　　- 로이 크로프트

영원히 지배하는 자

소련 제국이 붕괴될 때 독재에 억눌렸던 시민들이 레닌 동상을 끌어내려
파괴시키는 모습이 전 세계로 생중계 되었다. 우물 안 개구리였던 나는 그때
러시아 땅에서 레닌 동상이 전부 파괴된 줄 알았다.

그러나...

러시아에는 동서남북을 가리지 않고 그 어느 곳을 가든 웅장한 레닌 동상이
서 있다. 부릅뜬 눈으로 "까불지 마라"고 지금도 엄중하게 경고하고 있다.

하지만...

자본주의에 물든 아이들은 아랑곳하지 않고 그 아래서 신나게 놀고 있다.

레닌은

"우리에게 혁명과 조직을 달라. 그러면 우리는 러시아를 뒤집어엎을 것이다"
라고 말했다. 소년들은 "우리에게 돈을 달라. 그러면 세계를 뒤집어엎을
것이다" 라고 말할지도 모른다.

최후의 승자는 과연 누구일까?

자나깨나 안전제일

반드시 지켜야 할 것을 반드시 지키지 않는 사람이 있는 것은 세계 공통이다.
기차에 매달리거나, 닫히려는 문에 뛰어들거나, 철로를 무단 횡단하거나,
에스컬레이터를 뛰어서 내려가거나...

가장 안전한 여행 방법은 엄마 손을 꼭 잡고 가는 것이련만 13살이 넘어서도
엄마 손에 이끌려 가면 바보. 그때부터는 스스로가 조심해야 한다. 그래야 오래
살고, 그만큼 멋진 곳을 여행할 수 있지 않겠는가?

부디 차조심, 몸조심, 술조심, 마음조심 해서 아름다운 추억의 여행이 되기를!

이 행동에 대해 나에게 책임이 있는가, 없는가 하는 의문이 생긴다면 당신에게
책임이 있는 일이다.

– 도스토예프스키

동방을
지배하다

Vladivostok
블라디보스토크

아무르강은
잠들지
않는다

아무르강의 소녀
Oil on Canvas(90.9×40)

여기는 블라디보스토크입니다

죽기 전에 꼭 한번 가보고 싶은 도시를 꼽으라면...

미국의 뉴욕과 시카고, 프랑스의 파리, 일본의 삿포르, 인도의 뭄바이, 이란의 테헤란, 이라크의 바그다드, 탄자니아의 다르에스살렘, 터키의 이스탄불, 영국의 맨체스터, 캐나다의 위니펙, 페루의 리마, 그리고 러시아의 모스크바와 블라디보스토크이다.

하고 많은 도시 중에 왜 하필 블라디보스토크일까?

초등학교 (그때는 국민학교) 국사 시간에 독립운동에 대해 배울 때 그 지명이 참으로 멋있었기 때문이었다. 그래서 내 머릿속에 각인된 이 도시를 꼭 가보고 싶었다.

근대와 현대가 어우러진 블라디보스토크에는 다행히도 그 옛날 독립운동의 흔적이 여러 곳에 남아 있다. 험난했던 1900년대 초에 이국땅에서 조국 독립을 위해 헌신했던 그들의 노고를 다소나마 체득할 수 있어 위로가 되었다. 그래서 블라디보스토크는 낯설지 않은 느낌이었다.

블라디보스토크 공항에 내리면

Welcome to Vladivostok

歡迎　海蔘威

블라디보스토크에 오신 것을 환영합니다.

라는 팻말 같은 것은 없다. 단지 러시아어로 Владивосток라고 써있을 뿐이다. 단순명료하게!

참고로 러시아에서는 영어가 통하지 않는다. 오직 러시아어와 손짓발짓만 통한다.

훌륭한 여행자는 자기가 어디로 가는지를 모르는 사람이며,
완벽한 여행자는 자기가 어디서 왔는지를 모르는 사람이다.

– L.Y.

푸른 바다와 근엄한 군함들

제국 러시아 → 소련 → 러시아를 거쳐오는 동안 이 나라의 오랜 소원 중 하나는 부동항不凍港을 갖는 것이었다. 러시아의 면적은 17,098,242km²로 세계 1위를 자랑한다. 99,720km²의 한국(남한, 세계 109위)에 비해 약 171배다.

불행인지 다행인지 러시아는 그 넓은 땅덩이가 대부분 춥기 그지없으며, 겨울이 되면 바다가 꽁꽁 얼어붙어 배가 입항할 수 없게 된다. 그나마 항구다운 항구를 뽑으라면 블라디보스토크가 유일하다. 그래서 동쪽 끝에 있는 이 도시는 '동방을 지배하다'라는 뜻을 안고 있으며 극동함대 사령부가 있다.

즉 해군기지이며, 연해지방 최대 어업기지이며, 북극해와 태평양을 잇는 북빙양 항로의 종점이며, 모스크바에서 출발하는 시베리아 철도의 종점이기도 하다(반대로 출발점이기도 하다). 동남쪽 끝에 있기 때문에 기온이 비교적 높으며 한국, 중국, 일본과 가까워 국제화된 도시이고 고려인 3세들이 많이 거주하는 곳이기도 하며, 한국인 유학생도 많다.

또 하나 놀라운 사실은 그 유명한 영화배우 율 브린너Yul Brynner, Yuli Borisovich Bryner의 고향이 블라디보스토크라는 점이다. 우리나라가 일제의 암흑기에 처했던 1920년 7월에 태어났는데 그의 아버지는 대한제국으로부터 목재 채벌권을 얻어 부를 얻었으나 러시아혁명으로 몰락했다. 이후 율 브린너는 만주, 한국, 일본을 오가며 살다가 1940년 미국으로 건너가 영화배우로 명성을 얻었다. 이래저래 한국과 인연이 깊은 배우다. 그래서 블라디보스토크는 더욱 반갑다.

바보는 그저 방황하고
현명한 사람은
여행을 떠난다.

– 풀러

사랑의 언약

자물쇠의 종류는 많다. 투박하고 네모난 자물쇠, 둥근 자물쇠, 번호 자물쇠,
앙증맞게 작은 자물쇠, 다양한 무늬가 새겨진 자물쇠….
독수리 전망대에 가면 한국에서는 낯선 자물쇠가 무수히 매달려 있다.

하트 모양 자물쇠.

어쩌면 한국에도 많이 있을 테지만 내가 더 이상 사랑의 언약을 맺을 일은
없기에 한번도 자물쇠를 채우지 않아서 일게다(그래서 나이를 먹는 것은 참으로
슬프다).

사랑이 모험이라면 그 모험이 위험할지언정 깨지지 않도록 하기 위해 사람들은
영원히 언약을 맺고자 자물쇠를 채운다.
하지만… 그 언약을 얼마나 지켰을 것인가, 생각하면… 슬픔이 절로 솟아난다.
비록 자물쇠를 채우지 않더라도
변치 않는 사랑을 하는 게 더 소중하지 않을까?

우리가 사랑을 하는 것은 사랑이야말로 유일하게 진정한 모험이기 때문이다.

– 니키 조반니

블라디보스토크는 평지이다. 가장 높은 산이 오를리노예 그네즈도(Orlinoye Gnezdo) 산인데 겨우 214m이다. 이 꼭대기에 풍광 좋은 작은 광장이 있는데 그곳이 독수리 전망대이다. '독수리 둥지'라고도 불리는 이곳에 오르면 골든혼(Golden Horn)과 아무르스키(Amursky), 우스리스키 만(Ussuriisky Bay)과 러시아섬(Russian Island)을 조망할 수 있다. 독수리 둥지는 세계 여러 곳에 있는데, 철학자 니체가 〈짜라투스트라는 이렇게 말했다〉를 집필한 프랑스 에즈에도 있으며, 히틀러가 별장으로 사용한 독일 켈슈타인하우스에도 독수리 둥지가 있다. 그러고 보면 이곳은 역사에 이름을 남긴 강성 인물들이 머물렀던 곳이라는 생각이 든다.

몇 번째 결혼식일까?

검은 머리가 파뿌리가 될 때까지
사랑을 유지하는 것은 어리석은 짓일까?

헬렌 퀄리 브라운은 "혼자 사는 여자가 안게 되는 가장 큰 문젯거리는,
항상 그녀에게 결혼을 해야 하지 않느냐고 종용하는 사람들을 만나야 하는
것이다"라고 말했다. 그 말을 듣기 싫어 여자는 '에라 모르겠다'는 마음으로
결혼을 하지는 않겠지만, 첫 번째 결혼이 실패했다고 느끼면 망설이지 않고
이혼 후 재혼하는 것이, 체면을 지키려 지옥 같은 결혼생활을 유지하는 것보다
나으리라.

러시아 여자들은 일생에 보통 두 번 이상의 결혼을 한단다. 그렇다면 남자도
마찬가지일 게다. 그 이유 중의 하나는, 초등학교 때부터 대학까지 남녀공학인
것이 큰 요인이라 하는데... 어찌 러시아만 남녀공학일까? 유독 러시아에서만
2~3회의 결혼이 보편화된 것은 민족성에 기인한 것 아닐까? 그 민족성이
무엇인지 딱 꼬집어 말할 수는 없지만....

한국에서 독신여성들이 갈수록 늘어가는 것에 비해 평생 2~3회의 결혼을
한다면 그만큼 출산율도 높을 것이고, 그만큼 국가의 고민도 줄어들 것이다.

누가 신부인지 모르겠으나 새결혼을 축하하기 위해 친구들이 모여 축배를 들고
있다. 화려한 옷보다 더 행복한 결혼생활이 이어지기를 바라는 마음은 누구나
마찬가지!

결혼, 그것은 어떤 나침반도 일찍이 항로를 발견한 일이 없는 거센 바다이다.

– 하이네

행운의 동전 만들기

부자가 되기를 꼭 원치는 않음에도
행운이 찾아오기를 바라기는 한다.
그래서 파랑새는 있어도 부자새는 없는 것일까.

그 행운을 만들어보자.
러시아에 가면 행운의 동전을 만들 기회가 두 번 있다(물론 이곳저곳
돌아다니면 더 많을 것이다).
첫째는 블라디보스토크 독수리 전망대이고
둘째는 우랄산맥을 가로지르는 스베르들롭스크의 예카테린부르크이다. 이곳에
가면 유럽 아시아 경계선이 있는데 그 광장에 행운의 동전을 만들어주는 사람이
있다.

동전을 만드는 방법은 간단하다.
30여 개에 달하는 동전 샘플 중에서 하나를 고른 뒤 밑판에 올리고 윗판을 덮고
해머로 꽝, 내리치면 된다. 내가 고른 무늬가 은빛 동전에 새겨진다. 그대로
간직해도 되고, 구멍을 뚫어 목에 걸고 다녀도 된다. 값은 대략 10루블.

만들고 소유하는 방법은 간단하지만 그 동전이 정말 행운을 거저 준다고
생각하면 그대는 진짜 바보다. 파스퇴르의 충고를 기억하자.

"행운은 마음의 준비가 있는 사람에게만 미소를 짓는다."

모스크바 바실리 성당 앞의 광장에 가면 바닥에 쇠원판이 있다. 하수구 뚜껑과
똑같은 이 원판 위에 서서 사진을 찍으면 역시나 행운이 온다.

그 이유는... 무엇일까?

닦고 조이고 기름치자

탕, 탕.

쇠에도 메아리가 있다.

두드리면 어디가 잘못되었는지 금세 안다.

정말 그럴까?

기차가 언제부터 땅위를 달리기 시작했는지 정확히 파악하기는 어렵다. 대략 1500년 즈음에 유럽에서 시작되었는데 그때는 말이 수레를 끌었다. 그 수레를 더 빠르게 하고, 더 많은 짐을 싣기 위해 땅위에 나무를 깔았는데 그것이 레일의 시초! 이후 나무를 쇠로 바꾸었고, 영국의 스티븐슨(George Stephenson)이 1841년에 최초로 기관차를 발명했는데 그것이 기차의 출발점이다.

이후 기차는 혁신에 혁신을 거듭해 오늘날 프랑스의 테제베(Train a Grande Vitesse), 한국의 KTX, 일본의 신칸센(新幹線) 등 초고속열차가 등장했다.
석탄의 힘으로 움직였던 그때와 비교하면 격세지감이라 하지 않을 수 없다.
앞으로 기차가 어떤 모습으로 변할지 예측하기는 불가능.

그럼에도 한 가지 분명한 사실은,

기차는 거저 달리지 않는다는 사실이다. 서너 시간에 한번씩 탕, 탕,
두드려보아야 한다.

단순히 두드리기만 하면 고장이 있음을 알아챌까? 의심하지 말지어다. 의사가 손 한번 짚어보면 그대의 몸 어느 곳이 아픈지 알 수 있는 것과 같다. 그래서 시간이 흐르고 흘러도 엔지니어들이 긴 망치를 들고 기차 바퀴를 두드리는 점검은 영원히 사라지지 않을 것이다.

세계는 한권의 책이며, 여행하는 사람은 그 책의 한 페이지를 읽었을 뿐이다.

– 아우렐리우스 아우구스티누스

기다리거나 기다리지 않는 사람들

여자들은 무언가를 기다리고
남자는 지난 시간을 더듬는다.

여자들은 어딘가를 향해 가려 하고
남자는 아무 곳도 갈 곳이 없음을 알고 있다.

여자들은 내일 할 일을 생각하고
남자는 어제 한 일을 후회한다.

여자들은 형형색색의 옷을 입고
남자는 그저 검고 흰 옷만 입는다.

그래서⋯⋯
여자는 나이를 먹어도 여자이지만
남자는 나이를 먹으면 노인이 된다.

인간은
나이 먹어감에 따라 새로운 친구를 사귀지 않으면 곧 외로움을 느끼게 된다.
인간은 꾸준히 우정을 수선해 나가지 않으면 안 된다.

– 새뮤얼 존슨

거리의 악사들

이것은 두 가지를 의미한다.
예술을 사랑하는 유럽인들답게 길거리 아무 곳에서나 연주를 하는
낭만이 있는가 하면
(아쉽게도 한국에서는, 나아가 동양에서는 길거리 악사를 보기 어렵다)

또 하나는
직업을 갖지 못한 청년이 그만큼 많다는 뜻이기도 하다.

무심히 길을 걷다가 듣는 생음악 연주가 마음을 평화롭게 해주기는 해도
저들의 하루 일당이 얼마일지 가늠해보면
낯선 나라의 청년들일지라도
가슴이 아파오는 것은 사실.

바쁜 길을 잠시 멈추고 트럼펫 소리를 들었다면
지갑을 뒤져 10루블이라도 값을 치르자.
결국은 사해동포四海同胞 아닌가?

블라디보스토크 기차역

7행시 한번 지어보자.

블 이나케 떠나는 그의 등 뒤로
라 디오에서 흘러나오는 씁쓸한 이별노래
디 데이가 내일이면 좋았으련만
보 고 싶은 그대는
스 르르 떠나는구나.
토 요일 오후에 나만 홀로 블라디보스토크 역에 서서
크 허허허— 눈물만 쏟아내누나.

이 역을 설계한 사람은 예술적 기질이 뛰어난 사람이었을 것이며
이 역을 지은 노동자들은 충실한 사명감으로 벽돌을 하나하나 쌓아올렸을
것이다.

옛날의 허름하고 불편하지만 낭만적이었던 기차역이 KTX 덕분에 차츰
사라지고 날렵한 현대식 유리건물로 탈바꿈하는 한국에 비해 러시아는 여전히
전통을 고수하고 있다.

블라디보스토크 역은 러시아 시베리아 횡단열차의 출발역이자 종착역이다.
이곳에서 기차를 타면 모스크바까지 열흘이 훌쩍 지난다. 한국에서 비행기를
타고 블라디보스토크로 가서 그곳에서 기차를 타면 되는데.... 계속
달리기보다는 몇 군데에 내려서 구경을 하고 다시 기차에 오르는 사람이 많기에
정확하게 며칠이 걸린다고 이야기하기는 어렵다.

어찌되었든 죽기 전에 꼭 한번은 대륙을 횡단해보아야
죽는 날 후회하지 않는다.

소가 있는 풍경
Oil on Canvas (90×38)

고삐 없는 소가 한가로이 물을 마신다.
목동은 간데 없고
초원에는 시원한 바람만이 분다.

물을 다 마시면
소는 무엇을 할까?

우리는
어른이나
어린이나,
현명한 자나,
어리석은 자나,
빈자나 부자나,
다같이
죽음 앞에서는
평등하다.

- 로렌하겐

죽은 자들을 위한 추모

죽은 자는 다시 돌아오지 않고
살아남은 자의 가슴에만 새겨진다.
그래서 묘비를 세우고
그 앞에 꽃을 가져다 놓는다.
내가 그를 잊지 못하듯
그 역시 하늘나라에서
나를 기억해주기 바라면서..

감히 앉지 말라

그것은 신 앞에서 겸손하지 못한 태도다.
러시아의 많은 성당은
언제나 문이 열려 있으며
누구나 들어가고 나올 수 있다.
단,
남자는 모자를 벗어야 하며
여자는 미사 손수건을 머리에 둘러야 한다.

성당 안에는
화려하고 다양한 벽화가 많고 기념품 가게도 있는데
의자는 없다.

앉아서 미사를 보는 것을 용납하지 않는다.
"신 앞에서 겸손할 것"을 가르치기 위해서다.
꼭 의자가 없을지라도
우리는 신 앞에, 타인 앞에, 자연 앞에,
세상 앞에 겸손해야 하지 않을까.

곳곳에 남아 있는 레닌의 흔적

공산주의를 창시한 마르크스와 엥겔스의 동상은 없을지라도
─어디엔가 있기는 있으리라─
전쟁으로부터 조국을 지켜낸 스탈린의 동상은 없을지라도
─어디엔가 있기는 있으리라─
레닌의 동상은 부지기수로 많다.

근엄한, 멋진, 강인한
레닌 동상들은 러시아와 과거를 보여주고
현재를 웅변하고 있으며
앞날 또한 보여준다.

시간이 흐르고 흘러
과연 누가 레닌의 뒤를 이어
동상의 주인공이 될까?

낯선 도시에서 '누구십니까?'

이름 모를
— '이름 없는'이 아닌 —
전쟁용사 같기도 하고

조국 건설의 주역 같기도 하고
평범한 사람을 영웅시한 선동주의 같기도 하고

여하튼
잘 만든 동상이
혁명광장에 우람하게 버티고 있다.

버스에서 내린 관광객들이 우르르
몰려가 사진을 찍을 뿐
정작 러시아 사람들은 나무 한 그루 보듯 한다.

그렇다면
국가에 충성하라는 선동이 맞는 것일까?

독립운동의 서글픈 발자취

대한제국이 일본에 의해 강제 소멸된 것은 1910년 8월 29일,
이른바 경술국치(庚戌國恥).

그때부터 의기로운 수많은 사람들이 독립운동에 뛰어들었다. 그러나 실제적인
독립운동은 그보다 20여년 전인 1890년대 말부터 시작되었다.

독립운동가들은 국내뿐만 아니라 중국, 러시아, 미국 등지에서 생명을
내던지며 활동했는데 블라디보스토크 일대에는 그들의 유적지가 많다.
왼쪽은 이르쿠츠크(Irkutsk) 한식당 주차장에 세워져 있는 안중근 의사
기념비다.

안 의사는 중국 헤이룽장(黑龍江)의 하얼빈(哈爾濱)에서 1909년 10월 26일, 이토
히로부미(伊藤博文)를 사살해 한국 독립의 뜻을 만 천하에 알렸으나 1910년 3월
26일 영면했다. 어떤 이유로 그의 기념비가 이르쿠츠크에 세워져 있는지 알 수
없지만 식당 주차장에 외롭게 서 있는 비석은 보는 이의 마음을 아프게 한다.

그나마 앞에 놓인 백합 한 송이가 처연한 마음을 달래줄 뿐.....

가장 귀중한 사랑의 가치는 희생과 헌신이다.

– 그라시안

**호수에
빠지다**

Lake Baikal
바이칼 호수

물결의
속삭임을
놓치지 마라

바이칼 인상
Oil on Canvas(162.2×112.1)

그대의 눈보다 푸른 바이칼

태양이 그 속으로 속절없이 떨어지는
광활함을 보았노라.
누군들 바이칼 앞에서 초라해짐을 느끼지 않으랴.

평생 이렇게 넓은 호수를 볼 수 있다는 것만으로 여행은 축복받은 일이오,
평생 이렇게 투명한 호수를 만날 수 있다는 것만으로 여행은 감탄할 일이다.
동전 하나를 떨어뜨리면 10m 밑바닥에 있어도 숫자가 또렷이 보인다.

최초 목격자에 의하면,

바이칼에는 전 세계 민물(담수)의 1/5이 담겨 있다. 표면적은 북미 5대호의 13%에 불과하지만 물의 양은 5대호
를 합친 것보다 3배나 많기 때문에 '세계의 민물 창고' 혹은 '시베리아의 푸른 눈', '성스러운 바다'라 불린다.

바이칼은 대륙횡단열차가 이르쿠츠크를 통과하던 새벽 3시 즈음에 처음
나타났다 한다. 잠에서 부스스 깬 사람들은 복도 창가에 파리떼처럼 달라붙어
세계에서 가장 큰 호수를 바라보기 시작했다. 그리고 12시가 될 때까지 그
구경은 멈추지 않았다. 어쩌면 하루종일을 달려도 호수는 끝나지 않을지
모른다.

다행히도 기차에서 내려 바이칼에 손을 담그고, 용감한 사람은 물에 풍덩
뛰어들고, 작은 보트에 올라 호수 가운데까지 가기도 했다. 어떤 사람은
페트병에 물을 담아 돌아왔다. 냉장고에 넣어두고 오래 간직하면서 그 푸르름을
길이 기억하겠다는 소망이었다.

한 가지 아쉬운 점은, 러시아의 도시들이 비교적 깨끗한 것과 달리 바이칼
주변은 약간 지저분하다는 사실이다. 그럼에도 해변에서 끝없는 바다를 본
것보다 내륙 한가운데에서 바다와 같은 호수를 본 것이 더 깊은 감동을 주기에
용서할 만하다.

이것은 자유다

여자는 하늘 높이 날아오르며 환호를 내지른다.
소년들은 알몸으로 호수에 뛰어들 준비를 한다.
거리낌 없는 여자는 비키니를 입고 자갈밭에 엎드려 일광욕을 즐긴다.
한 남자는 물 위를 떠다닌다.

호수를 사랑하는 방식은 각자 달라도 결국은 자유를 갈망한다.

새처럼 높이 날아오르든
바다 깊숙이 들어가든
엎드려 땅만 바라보든
– 삶의 방식이 각자 다르듯 –
한없이 자유로운 것은 그들에게 드넓은 호수가 있기 때문이다.
그렇게 각자의 방식으로 바이칼을 즐긴다.

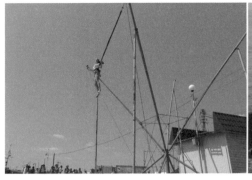

태양은 지지 않는다

다만 지구 반대편으로 넘어갈 뿐.

나에게 찾아오는 이 붉은 노을의 저녁은
지구 반대편의 사람에게는 화창한 아침이다.

그래서 그는 창문을 열며 하루를 시작하고
나는 하릴없이 흘려보낸 하루를 아쉬워한다.

바이칼에 지는 태양은
차가운 바다를 뜨겁게 태우면서
잠시 작별을 고한다.
몇 시간 후면
다시 만날
태양을 그리워하는 까닭은
내일이면 새로운 날을 시작하리라는
마음이 잉태되기 때문이다.
그러나...
그러함에도...
또 다시 저무는 해를 보며
아쉬움을 느끼지 않을지는
아무도 알지 못한다.

남자가 진짜로 바라보고 싶은 것

하필 서 있는 곳이 속옷만 입은 여자 앞이다.

담배를 피우는 척하며 여자의 몸을 흘긋거리는 것은 자연스런 본능일까,

음흉함의 표출일까?

아니면

아무런 생각없이 그늘을 찾은 결과일까?

비록 광고이지만 그래도 늙은 남자의 마음을 조금이나마

흥분시키는 것만으로도

여자는 제 역할을 다한 것이다.

그 아름다운 자태에 행운이 있을지어다.

바이칼이 보이는 풍경
Oil on Canvas(45.5×25.5)

푸른 바이칼을 바라보며 낡은 집 한 채가 서 있다.

붉은 슬레이트 지붕 위로 떨어지는 햇살이 따사롭다.

나무 한 그루 아래에서 가족들은 소박하면서도 행복한 삶을 살아가리라.

창이 예쁜 집
Oil on Canvas(90×60.6)

러시아의 가정집 창문들은 한결같이 예쁜 덧창문을 가지고 있다. 나무를 덧대
다양한 무늬를 새기고 다양한 색깔로 칠을 한다. 그 집이 얼마나 잘사는지는
―나아가 얼마나 행복한지는― 집의 크기나 높이가 아니라 창문의 무늬로
결정되는 듯싶다. 천차만별의 덧창문들은 러시아 여행의 새로운 발견이자
신기함이다.

죽음은 새로움의 시작

이곳에서 제정 러시아 마지막 차르(황제) 니콜라이 2세(Aleksandrovich Nikolai II)와 그의 가족이 1918년 7월 17일 새벽 몰살당했다. 1918년 러시아혁명은 역사의 도도한 물줄기였는데 그것을 막을 사람은 아무도 없었다. 황제의 일가족이 몰살당했다 하여 그가 나쁜 통치자라는 뜻은 결코 아니다. 단지 현명하지 못했을 뿐이다. 그의 외아들이 혈우병에 걸리지만 않았어도 러시아는 어쩌면 영국처럼 입헌군주국이 되었을지도 모른다. 그러나 역사에 '어쩌면'은 없기에 결국 총탄에 피를 흘리며 로마노프 왕조의 막을 내렸다.

이 피의 사원은 그 황제와 일가족을 기념하는 성당이다. 무척 아름다울 뿐더러 햇살이 밝은 곳에 있어 믿음이 깊은 러시아 사람들뿐만 아니라 관광객들이 끊이지 않는다. 이곳을 비롯해 예카테린부르크(Yekaterinburg, 옛지명은 스베르들롭스크)에는 유서 깊은 건물들이 많다. 열차를 타고 가면서 만난 블라디보스토크, 이루쿠츠크, 노보시비르스크 중에서 가장 아름다운 도시로 손꼽는다. 덧붙여 피의 사원이라는 역사의 현장은 방문객 모두를 숙연하게 만든다. 나아가 과연 역사의 흐름은 무엇인가를 깨닫게 해주는 상념의 도시이기도 하다.

니콜라이 2세의 묘지는 이곳에 있지 않고 상트페테르부르크에 있다. 그곳도 똑같이 피의 사원(Cathedral of the Resurrection of Christ)이라 부른다.

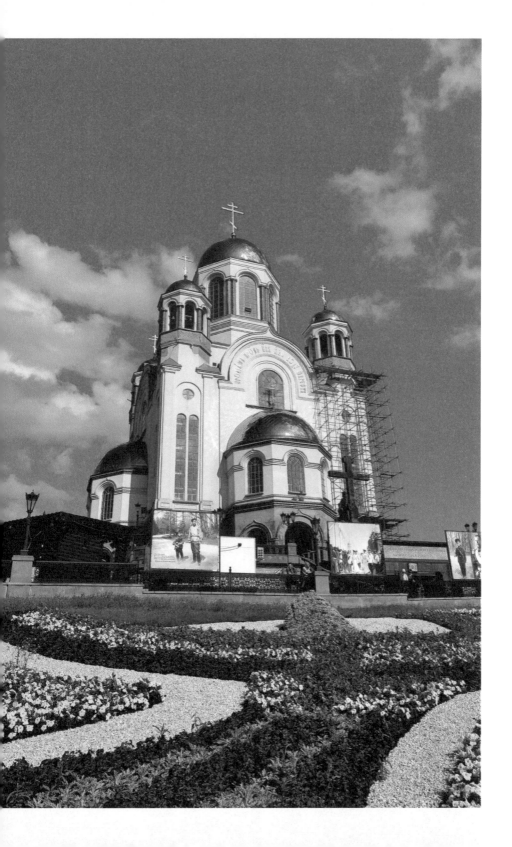

여자들은 모이고, 남자는 홀로다

여자들에게 주어진 인생의 소명은 수다이고, 남자는 운명적으로 고독하다.
그 반대일 수도 있다.
여자의 운명은 고독이지만 그것을 떨쳐내기 위해 모이고,
남자는 모이기를 좋아하지만 때로는 거부한다.
그래서 홀로 있기를 고집한다.

생각해보면, 인간은 모여 있을 때 행복한 것 같아도
혼자일 때 더 행복하기도 하다.

예카테린부르크였는지 노보시비르스크(Novosibirsk, 새로운 시베리아의
도시)였는지 어느 공연장의 2층에서 포착한 모습이다.
팔을 괴고 앉은 남자는 무슨 상념에 잠겨 있을까? 수많은 여자들을 보며 이제는
이름조차 희미한 첫사랑의 여자를 떠올릴지도 모른다.
그것이 인생일까?

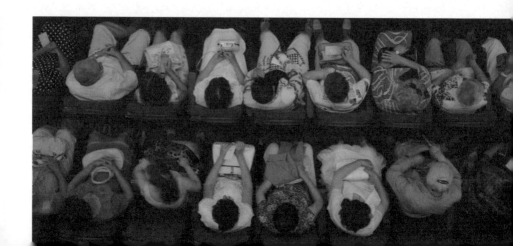

아름다움을 짓다

인형, 돌에 새긴 그림, 작은 조각상, 나무 조각,
뿌리 공예품, 페넌트, 목걸이...
그녀가 만드는 것은 실체가 아니라 아름다움이다.

러시아에서 가장 감격스러웠던 것 중의 하나는
나무로 만든 작은 상자들이다.
우리나라의 전통 옻칠공예와 달리 러시아에서는 채색을 해서 상자를 만든다.
꽃, 나무, 동물 등의 그림도 예쁘고 멋지지만 러시아의 전통 모습을 담은 그림이
특히 눈길을 끈다.
눈 내린 벌판을 배경으로 작은 집들과 나무들을 새긴
정말 마음에 드는, 시집 크기의 타원형 상자가 있었는데
몇 번이나 망설이다가 끝내 사지 못했다.
약 20만원 정도의 가격이 걸렸기 때문이다.
훗날 러시아에 다시 가면 꼭 사리라 마음먹지만...
과연 그날이 올까?.

손바닥에 구슬을 올려놓고 정성스레 잇고 있는 그녀가
오늘 하루 얼마나 팔았는지 알 수 없으나
우리에게 신묘한 구경거리를 안겨준 것만으로도
여신이라 할 수 있다.

한 가지 일을 경험하지 않으면 한 가지 지혜가 자라지 않는다.

- 명심보감

고양이가 주인이다

민속촌에 왔다고 생각하면 된다.

오로지 통나무만으로 지은 여러 모양의 집들이 숲속 너른 들판의 한가운데

자리하고 있다.

이르쿠츠크에서 68km 떨어져 있는 딸지박물관(Taltsy)은 그 옆으로 바이칼이

흐르기에 옛날에는 어부들의 마을이었다.

어부들은 모두 떠나고 지금은 관광 민속촌으로 탈바꿈했다.

사람들은 살지 않고, 기념품 가게가 몇 있는데 아기자기하고, 값싸고, 예쁘다.

사람들이 떠난 마을에 고양이가 주인이 되어 살아간다.

딸지박물관에 가면

오른쪽의 민속촌은 반드시 구경할 것이지만

왼쪽에 있는 바이칼의 끝자락에 손을 한번 담그는 세례를 잊지 말 것이며,

기념품을 하나라도 살 것이며,

고양이를 만나거든 쓰다듬 쓰다듬 해주기를 잊지 말 것이다.

여행은 우리가 사는 장소를 바꾸어주는 것이 아니라
생각과 편견을 바꾸어주는 것이다.

– 아나톨 프랑스

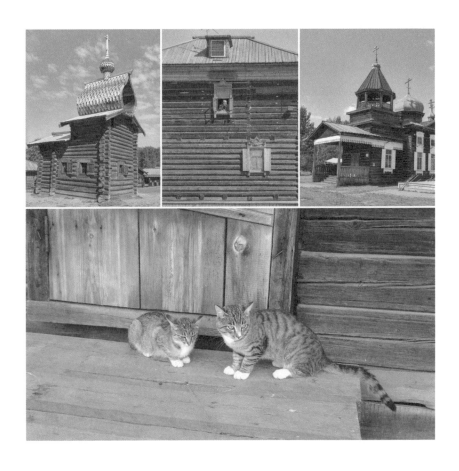

여자는 영원히 여자

남자의 갈비뼈 하나를 취해 여자를 만들었다 하는데
왜 여자는 남자와 그렇게 판이하게 다를까?

사람이 살아가는 모습은 비슷한데
왜 축제의 옷은 천양지차로 다를까?

인생의 희로애락은 똑같이 주어졌는데
왜 웃음의 크기는 서로 다를까?

알려 하지 마라.
세상을 살다보면 저절로 깨닫게 된다.
그것을 깨달았을 때 그대의 인생은 내리막길에 접어들었음을 뜻한다.
그러므로 청춘 시절에 인생을 한껏 즐겨라.

강에 달을 띄우다

저녁해가 어스름 지려 할 때 배에 달을 싣고 강 위를 떠다닌다.
강물은 소리없이 철썩이고
달은 아직 아무런 빛을 발하지 않는다.

저 달 속에 토끼도 없고, 계수나무도 없지만
물 위에 희미하게 비추는 달 그림자는
불을 밝히면 더욱 환해지리라.

강에 달을 띄운다는 상상 밖의 상상을 실천한
사내에게 찬사를 보낸다.

여기에서 땅이 나뉘어진다

땅의 경계는 인간이 만든 것이고, 사람 마음의 경계는 신이 만든 것이다.
그러하기에 사랑과 미움, 고마움과 증오, 감사와 저주의 경계는 명확히
구분하기 어렵고 사람의 의지로 제어되지 않는다.

사랑이 한순간에 증오로 변하는 것은 마음 한구석에 자리 잡은 얄팍한 감정의
발현이다. 그것을 내 마음대로 결정할 수 있다고 생각한다면 커다란 오산이다.
감정의 변화는 신의 영역이다.

아시아와 유럽의 경계는 어디일까?
학자들은 식물(나무, 풀, 꽃들)의 분포 상태로 아시아와 유럽을 나눈다는데…
그것이 맞을까?

이 경계탑은 스베르들롭스크에 있으며 1837년 알렉산드르 2세의 방문을 기념해
우랄 지역에서 처음으로 설치된 경계비. 북위 56°52′13″, 동경 60°02′52″에
세워져 있는데 이곳을 기준으로 오른쪽은 아시아, 왼쪽은 유럽이다. 그러나 …
사실 그 의미는 별로 없다.

사랑이 증오로 변하는 것도 마찬가지.
증오로 만드는 실마리는 시간이 흐르고 보면 '아무런 의미없는 자존심'이다.
그 자존심을 버리고, 나를 버릴 때 사랑의 경계를 넘어설 수 있다.
한 발 내딛으면 유럽, 한발 물러나면 아시아인 것처럼,
나를 버리면 사랑이요, 나를 내세우면 증오가 된다.

천상에서 내려온 아이들

지금 머물고 있는 곳이 어디인지 알 수 없으나
아이들이 내려온 곳은 분명 하늘나라이다.
이 옷을 바위틈에 숨겨 놓으면 하늘나라로 돌아가지 못하고
어여쁜 처녀가 되어
지상에서 한 남자와 살아야 할 것이다.

티없이 맑은 아이들의 미소에서
내가 잊었던
순수함이 무엇인지 알게 된다.

이 세상은 한 권의 아름다운 책이다.
그러나 그것을 읽으려고 하지 않는 사람에게는 아무런 쓸모가 없다.

― 골드니아

오늘 결혼했어요

아무래도 여자가 손해본 듯하다.
이 예쁜 여자는, 왜 저 바보 같은 남자와 결혼을 했을까?
혹은 왜 하려 할까?

해도 후회, 안 해도 후회라면
하고 후회하는 게 낫다고들 하지만
안 하고 후회하는 게 더 낫지 않을까?
그 사실을 잘 알면서도
남자와 여자가 부부로 맺어지는 것은
본능 때문이고, 그 본능은 신이 주신 것이기 때문이다.

그래서 여자는 바보같은 남자와 결혼을 하고
후회하고
남자는, 결혼은 인생의 무덤임을 실감하면서 살아간다.
그래서 사랑의 본능은 가장 무섭다.

하나는 마음을, 하나는 몸을 지켜준다

생선과 보석은 한 끗 차이.
물고기는 바다에서 건져올려 먹기 좋게 다듬어졌고
보석은 땅에서 캐어내 보기 좋게 다듬어졌다.
물고기는 우리 몸을 지켜주고
보석은 마음을 따뜻하게 해준다.

바이칼 호수 앞에 작은 시장이 있다.
정확하게 양분된 시장의 왼쪽은 선물가게들
오른쪽은 생선가게들이다.
사는 사람은 없고 구경꾼만 많아서 텅 빈 점포가 쓸쓸하다.
무엇이라도 하나만이라도 산다면
그대는 세계평화에 이바지하는 위대한 사람이 되리라.

분주하면서도 한가한

이 거리의 이름을 알지 못한다. 어느 시인이 노래했듯,
이 거리의 문법도 알지 못한다.
내가 가고자 하는 곳으로 걷기만 하면 된다.

낡은 전차가 달리는 거리를 사람들은 이 생각, 저 생각을 하면서 분주히,
때로는 느긋하게 걷는다.
전철(트램)을 지하에 묻지 않고 지상에 남겨 놓은 이유는
달리면서 창밖을 보게 하려는 배려일 것이다.
어두컴컴한 땅속을 달리는 초고속전철보다
느릿한 전차가 더 정겨운 까닭은
우리네 사는 풍경을 볼 수 있기 때문이다.

강에 몸을 담그자

누가 얼마나 버틸 수 있는지
쓸데없는 배틀(battle)은 벌이지 마라.
땀 한번 빼는 것만으로 충분하다.

버스를 타고 한참이나 달리고, 내려서 숲길을 한참이나 걸으면 드문드문
통나무집이 서 있는 사우나 시설에 도착한다. 수영복으로 갈아입고 안으로
들어가면 열을 후끈 뿜어내는 난로가 있고, 뜨거운 김이 모락모락 솟아나는
탕이 있다.
벽에 걸린 자작나무 가지로 서로의 등을 마구 후려쳐주면 따끔거리면서도
시원하다. 그렇게 10분 정도 앉아 있으면 온몸에서 땀이 줄줄 흐른다.
더 이상 버틸 수 없으면 밖으로 나와 강물에 풍덩 뛰어들면 된다.
"아~ 씨원하다" 탄성이 나오면, 사우나 끝!

자유를 팝니다

뭐냐 하면,
이 철망 안에 평화의 상징 비둘기가 들어 있다.

당신이 이 비둘기를 사서 하늘로 날려보내는 방조(放鳥)를 하면
당신은 큰 복을 받을 것이며, 큰 행운이 찾아올 것이란다.
값은 100루블이다. 한국돈 1800원 정도만 투자하면 당신은
새장에 갇힌 새를 자유롭게 해주는 성자가 될 수 있으며
더불어 복도 받을 수 있다.
선량한 저 노인의 얼굴과 간절한 손짓을 보라.
그래서 너그러운 한국인 한 명이 100루블을 내고 하얀 비둘기 한 마리를 꺼내
하늘로 날려보내 주었다.
힘찬 날갯짓으로 비상하는 비둘기를 보며 남자는 기쁨의 미소를 지었다.

그리고 10분 후 비둘기는 다시 날아와 노인의 어깨에 앉았고
노인은 태연하게 그 비둘기를 철망 안에 넣었다.
"새가 다시 돌아오는 것을 내 어쩌란 말이요?"

'훈련받은 비둘기는 집으로 꼭 돌아온다'는 사실을 배웠으므로
100루블이 아깝다고 생각해서는 안 된다.

딸지에서
Oil on Canvas(116.8×72.7)

햇살이 자작나무 틈 사이로 비춰들어 풀들을 자라게 한다.
고즈넉한 오후의 어느 때 이곳에 앉아 시 한 편을 읽어보자.
내 마음이 풀처럼 낮아지리라.

뛰어오르니까 청춘이다

근엄한 혁명 동상 아래에서 버르장머리 없는 젊은 놈들은
신나게 노느라 정신이 없다.
동상 기단의 기울어진 옆면은 보드를 타고 내려오는 데 안성맞춤이다.

청춘은 세계 어디엘 가도 똑같다.
어른의 말을 귓등으로도 듣지 않고
아무 곳에서나 떠들고
근엄함 쯤이야 우습게 안다.
그것이 고요함을 파괴하고 질서를 흐트러뜨리지만
그것이 바로 청춘의 특권이요, 힘이요, 새로운 세계 창조의 원동력이다.

영혼이 깃든 청춘은 그렇게 쉽사리 사라지지 않는다.
- 카로사

나를 따르라!

한 나라를 무너뜨리고
한 나라를 세웠지만
그의 얼굴은 조금 외로워 보인다.

온갖 풍찬노숙과 세파를 견디어 내며 혁명에 뛰어들어 소련을 만들어냈지만
100년도 못가 사라지고 말았다.
단지 남은 것은 역사책에 실린 이름과 숱하게 많은 동상들뿐.
그 동상이나마 우러러 받들면 마음의 위안이 될 것이련만
관광명소로, 사진 찍기 좋은 곳으로, 청년들의 놀이터로 변한 것을 안다면
저승에서 마음이 편할까?

설렘_ 자작나무와 분홍비늘꽃 사이

아이들은 자라고, 어른들은 추억에 빠진다

가장 야속한 것은 시간이고 가장 값진 것도 시간이다.
그러면서 가장 흔해빠진 것이 시간이다.

길모퉁이에 서서
"당신의 1시간을 내게 1만원에 파시오" 요청하면
사람들은 선뜻 팔까? 아니면 거절할까?

어린 사람은 천원에도 팔 것이며
나이든 사람은 백만원을 주어도 팔지 않을 것이다.

그렇다면
어리거나, 나이 들었다는 기준은 어디일까?

축제가 열리는 마당에서 아이들은 신나게 놀고
어른들은 그 모습을 흐뭇하게 바라보며
지나간 추억을 아쉬워한다.

아, 나의 젊은 날은 어디로 갔을까?

청춘은 다시 돌아오지 않고
하루에 새벽은 한번뿐이다.
좋은 때에 부지런히 힘쓸지니
세월은 사람을 기다리지 않는다.

– 도연명

이것은 생명입니다

피부색이 다른 것으로 보아 인종이 다른 것 같다.
그럼에도 두 소년은 다정하고
같은 일을 하고 있다.
엄마를 따라 숲에 와서 열매를 따고 있다.
그 열매의 이름은 모른다.
식용이든 약용이든 소년들이 따는 열매는
비록 그 숫자는 적을지라도
하나의 생명이다.
그래서 그들이 하는 일은 고귀하다.

어찌 이 작은 열매뿐일까?
많은 나물과 뿌리, 큰 열매들이 숲에 가득할 것이며
그것을 수확해
삶을 꾸려 나가고
누군가의 생명에 희망을 불어넣어 줄 것이다.
그래서 숲은 고귀하다.

숲에 들어갈 때는 모기, 벌, 벌레에 물릴 각오를 해야 한다.
그리고 부어오른 아픔은 상당히 오래 간다는 것도 잊지 마라.

행복으로 가는 길을 열어주는 열쇠는 없고,
행복을 향해 올라가는 사다리가 있을 뿐이다.

– 엑토르 라오스

**휘황찬란하거나
엄숙하거나**

Moscow
모스크바

낮보다
밤이
더 화려하다

바실리의 야경
Oil on Canvas(45.5×45.4)

가장 잔혹한 황제의 가장 아름다운 성당

파리에 에펠탑이 없다면 굳이 갈 필요가 없듯
뉴욕에 자유의 여신상이 없다면 굳이 갈 필요가 없듯
베이징에 자금성(紫禁城)이 없다면 굳이 갈 필요가 없듯
모스크바에 바실리 성당이 없다면 그 먼 곳까지 갈 이유가 있을까?

성 바실리 대성당(St. Basil's Cathedral)은 이반 4세(Ivan IV)에 명에
따라 지어졌는데 공포정치의 대명사로 수많은 정적들과 귀족들을
살육해 이반 뇌제(雷帝)라고도 불린다. 반면 강력한 중앙집권제로
러시아의 기틀을 마련했으며, 경제 발전의 토대도 이룩했다. 공과 과를
동시에 갖고 있는 차르다.
그 공(功) 중 하나가 바실리 대성당을 지은 것인데 1560년대 즈음에
세워졌다.
성당 앞의 두 남자는 드미트리 포자르스키(Dmitry Pozharsky)와
쿠즈마 미닌(Kuzma Minin). 17세기에 폴란드의 침입을 막아낸
영웅이다(그때는 폴란드가 더 강대국이었나 보다).

바실리 성당이 매혹적인 이유는 건축물 자체가 작으면서도 성스럽기도
하지만
그 앞의 광장이 엄청 넓다는 점이다.
만일 시가지 한 귀퉁이 좁은 땅에 성당이 있었다면 어찌 되었을까?

> 과거를 지배하는 자가 미래를 지배하며,
> 현재를 지배하는 자가 과거를 지배한다.
>
> – 조지 오웰

모스크바는 여러분을 환영합니다

모스크바가 아닐지도 모른다.
어느 역엔가 내리기만 하면
군악대가 우리를 환영해 주었다.
멋지고 힘찬 행진곡....
그리고 4중주 실내악단.

러시아의 장점은 규칙적이고 명확하고
일사분란하다는 점이다.
물론 속내는 그렇지 않을지도 모르지만....

여하튼 그들은 그렇게 우리를
환영해주었다.
멋진 음악에 감사!

바실리 성당의 낮과 밤

성당의 오른쪽은 크렘린(Kremlin)이고 왼쪽은 굼(GUM) 백화점이다.
러시아 최대의, 어쩌면 유럽 최대의 백화점이다.
들어가보면 눈이 휘둥그레질 정도로 호화찬란하고 넓다.
이 3곳을 보았다면 모스크바 관광은 사실상 끝이다.

잊지 말아야 할 것은
낮 못지않게 화려한 밤의 풍경을 보는 것이다.
또 하나 잊지 말아야 할 것은
밤의 모스크바는 낮보다 위험하며
인종차별주의자들에게 시비를 당할 수도 있다는 점이다.
그러나 그것이 무서워 밤의 바실리를 보지 못하면
1/2밖에 못 보았다는 사실을 잊지 마라.

이곳이 정녕 백화점인가?

굼(GUM) 백화점

그리고 백화점 뒤의 전문상가.

말이 필요없다.

그저 들어가서 구경하면 된다.

한때 세계를 호령했던 크렘린

크렘린은 과거 백악관과 더불어 세계를 나누어 지배했던
양대 권력기관이었으나
지금은 관광명소의 하나로 바뀌었다.
물론 러시아인들은 그렇지 않다고 주장할 것이지만.

크렘린 앞에는 당연히 부동자세의 경비 병정이 있고
혹여 고위 관리들이나 푸틴을 볼까 싶어 얼쩡거리는
전 세계의 사람들로 붐빈다.
그러나 당연히 푸틴을 보는 일은 없으리라.
백악관 앞에 하루종일 서 있어도 오바마를 볼 수 없듯.

그곳에도 달은 뜬다

버스에 달을 싣고 가다가 내려서 길고 긴 길을 끌고 가다가 멈춰서
바실리 성당 앞의 광장에 드디어 달에 바람을 집어넣고 불을 밝혔다.

처음에는 사람들이 저게 무엇인가 바라보다가 차츰 모여든다.
탄성을 발하고 달 앞에서 사진을 찍고 급기야
러시아 경찰들이 패트롤카를 타고 몰려오고
우여곡절 끝에 경찰서로 끌려가지는 않았다.

어쩌면 세계에서 가장 멋진 달이 아닐까 싶다.
이러한 광경을 연출한 그 남자에게 힘찬 박수를!

러시아의 두 얼굴

한국전쟁은 1950년 6월 25일에 발발되었으며, 약 1년 1개월 후인 1951년
7월 8일부터 휴전협정이 시작되었다. 159차례의 본회의와 500여 회가 넘는
소위원회 등 지루하고도 힘든 과정을 거쳐 25개월만인 1953년 7월 27일 오전
10시에 협정이 맺어졌다. 정식 명칭은 '국제연합군(UN군) 총사령관을 일방으로
하고 북한군 최고사령관 및 중국인민지원군 사령관을 다른 일방으로 하는
한국 군사정전에 관한 협정'이다. 이러한 역사적 사실이 있었다는 것은 이 글을
쓰면서 처음으로 알게 되었다.

그때 주요 역할을 한 사람이 유엔주재 소련대사 말리크(Yakov Aleksandrovich
Malik 1906~1980)이다. 그는 중공군의 철수에 반대표를 던졌고, 유엔방송을
통해 휴전협상을 제의했다. 미국이 이 제의를 받아들여 협상이 본격화되었다.

한국전쟁의 책임은 결국 스탈린과 김일성에게 있을 것이지만 휴전의 통로
역할을 한 사람은 말리크이고, 그의 동상이 모스크바 광장 입구에 떡 버티고 서
있다.

동상 건너편에는 수로가 있고 그 옆으로 낭만적이고, 고풍스럽고,
아기자기하고, 고급스러운 상가가 있다. 청계천과 비슷한 분위기를 풍기는
이곳에는 커피숍, 아이스크림 가게, 선물 가게가 즐비하고 가족과 연인들이
먹고, 마시고, 이야기하고, 노느라 정신이 없다.
길 하나를 사이에 두고 한쪽은 근엄하고, 한쪽은 즐겁다. 이것이 러시아의 두
얼굴일까?

삶이 그대를 속일지라도

하늘을 우러러 한 점 부끄러움이 없기를/잎새에 이는 바람에도 나는
괴로워했다

- 푸슈킨

삶이 그대를 속일지라도 결코 슬퍼하거나 노여워하지 말라

- 윤동주

시와 시인을 바꾸어도 뜻은 일맥상통한다.
순수한 마음으로 인내하면서 소박하게 살자는 가르침이다.

하지만....
삶이 그대를 속이면
한번쯤 슬퍼하는 것도 좋은 일이며
한번쯤 노여워하는 것도 괜찮은 일이다.
어찌 우리가 성인군자의 태도로만 이 험난한 삶을 살아갈 것인가?

아르바뜨의 거리 한가운데 세워져 있는 푸슈킨(Aleksandr Sergeevich Pushkin)의
동상은 가장 인기가 많다. 그의 아내 나탈랴와 맞잡은 손은 사람들의 손길이
너무 많이 닿아 반들반들 빛난다.

다 아는 이야기지만 푸슈킨은 아내를 짝사랑하는 프랑스 망명귀족 단테스와
결투를 벌였고, 총상을 입어 2일 후에 사망했다. 놀랍게도 그때 나이
38세(1799~1837. 2. 10)에 불과했는데, 더 놀랍게도 세계를 통틀어 그만큼 널리
알려진 시인도 드물다는 사실이다. 만약 그가 더 오래 살았다면 수많은 시와
소설들을 남겼을 것이고, 노벨문학상쯤은 너끈히 받았을 것이다.
하지만 어쩌랴,
운명이 거기까지인 것을!

아- 빅토르 최!

한때 비틀즈의 존 레논에 버금가는 인기를 누렸으나
의문의 교통사고로 목숨을 잃은 비운의 사나이.
사망 날짜가 하필이면 우리의 광복절인 8월 15일.
너무도 짧은 28년의 생애 동안 소련을 뒤흔들었던 청년.
KGB의 요주의 인물로 찍혀 감시를 당했던 그림과 노래의 천재.
공산주의 소련을 무너뜨리는 씨앗을 뿌린 자유의 투사.
1990년 6월 24일, 모스크바 올림픽 주경기장에서 열린 록그룹 키노(KINO)의
공연에 10만 명의 청년들을 모은 저항의 상징.

빅토르 최(Tsoi Viktor, 1962.6.21.~1990.8.15)
불꽃 같은 삶을 살다가 그는 저 세상으로 떠났지만
그의 흔적은 모스크바 아르바뜨의 거리에 깊이 남아 있다.

얼마나 열심히 일하는가를 말하지 말고, 얼마나 많이 해냈는가를 이야기하라.

– 제임스 링

이 놈을 찾습니다. 현상수배범의 얼굴

모든 나라에는 법이 있고
모든 나라에는 그 법을 무시하는 범법자가 있고
모든 나라에는 그 범법자를 체포하기 위한 경찰이 있고
모든 나라에는 시민의 고발정신을 북돋우는 현상수배 벽보가 있다.

러시아 역 구내를 이리저리 거닐다보면 현상수배범의 얼굴이 나붙은 공고문을
발견할 수 있다. 우리나라와 달리 열댓 명을 모아 컬러사진을 붙여놓은 것이
아니라 프린트로 출력한 공고문이다.
그래가지고 범인을 잡을 수 있나!

여하튼 뚫어져라 읽어보았으나
이름이 무엇인지, 죄명이 무엇인지, 고향이 어디인지, 어떤 특징이 있는지
가장 중요하게는 현상금이 얼마인지 알 수 없어 그저 사진만 찍었다.
이 책이 나올 즈음에 그들은 모두 법의 심판을 받았을까?

벌건 대낮에 무엇 하자는 것인지

보아하니 남자는 돈이 좀 있어 보이고, 헬스장에서 운동 꽤나 했고,
소싯적에 여자들 적잖이 울렸을 법하다
그걸 아는지 모르는지 여자는 애인의 사진을 찍어주느라 여념이 없다.
어찌 보면 부부 같기도 하지만
부부는 절대 이런 애정행각을 벌이지 않는다.

사랑의 유효기간은 720일이 넘지 않는다 하는데
남세스러운 둘의 행동을 보면 300일 즈음 된 듯하다.
그럼에도 불구하고 질투심이 나는 이유는
멋진 몸매와 당당함이 한없이 부럽기 때문!
그 당당함과 사랑이 720일을 넘길 수 있을까?

꺼지지 않는 불꽃

어느 등성이에 묻혀 유해조차 찾지 못한
그대의 충정을 기억하겠노라.
포탄에 맞아 산산조각으로 흩어진
그대의 용맹을 길이 간직하겠노라.

2차대전에서 사망한 소련군(민간인 포함)은 대략 2700만~3000만 명이다.
1970년대 남한 전체 인구와 맞먹는다. 전 세계로 볼 때는 1억 명 이상이 목숨을
잃었으니 히틀러가 역사상 최악의 살인자인 것은 분명하다. 아이러니한
것은 히틀러와 맞서 싸운 스탈린이 죽인 사람은 최대 4000만 명에 이른다는
사실이다.
여하튼 2차대전 사망자를 최소 2700만 명으로 잡아도 그들의 무덤을 만드는
것은 대략 5400만 평(188.4km²)이 필요하다. 32평 아파트 1,687,500개를
평면으로 지을 수 있는 면적이니, 쉽게 말해 작은 도시 하나를 무덤으로 덮어야
한다.
그래서 어쩔 수 없이 '무명용사의 비'를 만들어 수많은 전사자들의 넋을
한꺼번에 기리는 편법을 사용할 수밖에 없다. 누가, 언제, 어디서, 어떻게,
누구에게 죽임을 당했는지 알 수 없어 그냥 몽땅 몰아넣고 그 영혼을 달래주니
전쟁이 남긴 상처 중에서도 가장 가슴 아픈 상처다.

불행 중 다행이라면 1년에 서너 차례 엄숙한 의식을 행하고, 후손들이 그들을
잊지 않고, 그 앞에 꺼지지 않는 불꽃이 밤이나 낮이나, 비가 오나 눈이 오나
타오른다는 사실이다. 그것이 죽음에 대한 완벽한 보상은 아닐지언정 '잊지
않고 있다'는 사실만으로도 작은 위로가 되리라.

두려운 것은 죽음이나 고난이 아니라, 고난과 죽음에 대한 공포이다.

- 에픽테투스

자전거 타는 소녀
Oil on Canvas(65.1 × 45)

뒤에 엄마가 있거나 짓궂은 남동생이 있거나

흐뭇한 미소를 짓는 아빠가 있거나...

아니면

텅빈 광장에 먼 훗날의 사랑이 있거나...

차이콥스키를 위하여
Oil on Canvas(90×60.6)

"내 시대가 아직 끝나지 않았으며 여전히 작곡을 할 수 있어서 얼마나 좋은지
모른다."
이 말을 남기고 그는 자신의 곡이 초연되기 전에 사망했다.

누구냐 하면 차이콥스키(Pyotr Ilich Tchaikovsky, 1840~1893)다.
한번쯤 들어보았을 〈백조의 호수〉(The Swan Lake Op.20)와
〈비창〉(Pathetique)을 작곡한 러시아 대표 작곡가.

그의 손끝에서 금방이라도 아름다운 선율이 울려퍼질 듯하다.
정말이지 인생은 짧고 예술은 길다.

어디에나 레닌

레닌(Vladimir Il'Ich Lenin)은 1924년 1월 21일에 죽었다.
1970년에 태어났으니 54세를 살은 것인데 오래 살았다고 할 수는 없으나
소련과 러시아에, 나아가 전 세계에 가장 큰 영향을 끼친 인물 중 하나이고,
그런 만큼 러시아에 가면 그 동상을 지긋지긋하게 볼 수 있으며,
그런 만큼 그 아래에서 기념 촬영을 하지 않을 수 없으니
여하튼 잘난 인물인 것만은 사실이다.

레닌은 뇌일혈 발작을 일으켜 2년 동안 병을 앓다가 죽었는데
세상에 남긴 마지막 말은 아내 나타샤 크루스프카야에게 했던
"잭 런던의 이야기를 더 읽어 주시오"
였다.
잭 런던(Jack London)은 미국의 소설가로 늑대의 이야기를 담은 〈야성의
부름〉이 가장 유명하다. 레닌이 죽기 전에 읽고 싶었던 책은 어쩌면 이
소설이었을 것이다.

그가 한 유명한 어록
"국가가 있는 한 자유는 없다. 자유가 있을 때는 국가가 있지 않을 것이다"라는
섬뜩한 말과 비교하면 마지막 유언은 참으로 인간적이다.

호화찬란의 정수를 보여주다

무엇을 산다는 행위가 조금 망설여지는 곳이다.
정치적으로 공산주의를 유지하는 나라에서
백화점이 이토록 화려하고 크고 삐까뻔쩍해도 되는 것인가?
가이드가 '궁 백화점'이라고 일러주기에
옛날 제정 러시아 시대의 궁(왕궁)을 백화점으로 개조한 것이려니 생각했는데
궁이 아니라 굼(GUM)이란다. GUM은 Glavny Universalny Magazin의 약자다.
1890년에 건축이 시작되었으니 자그마치 125년이나 되었다.
그 흔적을 계단에서 볼 수 있다.
얼마나 많은 사람이 오갔으면 대리석 계단이 움푹 파였을까?

계단 손잡이와 숍의 출입문, 분수 모두 아름답지만
복도와 난간에 진열해 놓은 꽃들이 특히나 아름답다.
그러나 무언가를 사고 싶은 마음은 들지 않는다.
비쌀 것이라는 지레짐작이 들기 때문에
그냥 보는 것만으로 만족!

비는 왜 내릴까

그대가 누군가를 그리워한다면
비가 내리는 날 반드시 만나야 한다.
비 오는 날 만난 여자(혹은 남자)를 잊어서는 안 된다.
스쳐 지나가는 행인이 아니라
특별한 감정을 지니고 있는 사람을
비 오는 날 만났다면, 그 사람과는 평생을 함께 해야 한다.
바로 그 이유로... 비는 내리는 것이다.

365일 중에서 빗방울이 뿌리는 날은 103일.
그중 1/2은 의미없이 지나고
나머지 50일의 1/2은 허둥지둥 지나고
나머지 25일의 1/2은 비를 피하느라 정신이 없다.
그래서 인연이 맺어질 사람을 만날 수 있는 비 오는 날은
12일에 불과하다.

하지만 12일도 충분하다.
아니 하루만이라도 충분하다.
봄비가 부슬부슬 내리는 날이나
가을비가 추적추적 내리는 날이나
겨울비가 을씨년스럽게 내리는 날이나
단 하루만이라도 비 내리는 날
그 사람을 진짜로 보고 싶다면,
그 사람이 바로 인연이다.

밝음이 강할수록 어둠도 짙다

모스크바의 밤은 우리의 생각과 달리 화려하고 밝다.
미하일 바리시니코프(Mikhail Baryshnikov)와 그레고리 하인즈(Gregory Oliver
Hines)가 주연했던 영화 〈백야〉(White Nights)에서 모스크바는 우중충하고
우울하다.
그 어느 영화인들 우중충하게 나오지 않은 영화가 없었기에 모스크바의
이미지는 회색빛이지만
실제로는 그렇지 않다.
도시는 깨끗하고, 여인들은 예쁘고, 고딕풍의 건물들은 낭만적이고, 호텔들은
화려하다.
밤의 풍경도 마찬가지다. 그러나 이면에 담긴 어둠의 세계는, 밝은 만큼 짙다.

사진 속의 강물은 잔잔하고, 네온사인이 화려하게 빛나고, 분수는 멋지게 물을
뿜어낼지라도 그곳에는 노숙자와 술 취한 사람들이 이리저리 방황한다.
심한 악취를 풍기며 관광객에게 다가와 구걸을 하고 담배를 얻는다.
그러므로 밤에 모스크바 거리를 걷는 것은 위험하다.
이것이 어찌 모스크바만의 아픔일까?
밝음이 강할수록 어둠은 그만큼 짙다는 사실은 세계 공통임을 여실히 보여준다.

노동이 진실이다

내가 잡고 있는 이것은 폴대(pole shaft)가 아니다.
내가 끼고 있는 이것은 장갑이 아니다.
내가 입고 있는 이 옷은 작업복이 아니다.
내가 지금 하고 있는 것은 노동이 아니다.

나는 지금 한 그릇의 밥을 들고 있다.
나는 지금 한 잔의 커피를 만들고 있다.
나는 지금 미래의 술 한 잔과 휴식을 기다리고 있다.
그러므로 내가 지금 하고 있는 것은
나의 인생이다.

그것이 노동의 진실이다.

한없이 깊은 모스크바의 지하철

지하철 에스컬레이터 '두 줄 서기'를 한국의 지하철공사는 줄기차게 외치지만
그것이 지켜지지 않는 이유는
그들이 놓치는 한 가지가 있기 때문이다.
예전에는 "바쁜 승객을 위해 한쪽은 비워주세요" 라는 캠페인을 펼쳤는데
안전과 고장 방지를 위해 두 줄 서기로 바뀌었다.
그러나 말 잘듣는 한국인도 그것만은 지키지 않는다.
그 이유는 무엇일까?

모스크바에서도, 베를린에서도, 뉴욕에서도 사람들은 한쪽을 비워둔다.
그 이유는 바쁜 사람을 위해서다.
그러나 그렇지 않다.
"먼저 지나갈게요" 혹은 "실례합니다"라는 말을
듣고 싶지 않아서다.
즉 나의 행동이 다른 (바쁜) 사람에게 피해를 주고 싶지 않아서다.
그러므로 두 줄 서기는 정착되기 어렵다.

모스크바의 지하철은 모두 깊다.
전쟁에 대비해서란다.
굳이 그럴 필요는 없을 텐데….
나폴레옹도 히틀러도 러시아 침공은 처절한 실패로 돌아갔는데
그 어떤 미련한 사람이 또다시 러시아를 침공하겠는가?

빨간 벽돌을 차곡차곡

기억을 더듬어보면 우리나라에도 이런 빨간벽돌로 지은 고딕풍의 낮은
건물들이 제법 있었다.
경제개발에 밀려 모두 유리집으로 바뀌고,
시멘트로 바뀌고
멋대가리 없는 민짜 건물로 바뀌고...

어리석은 질문 같지만
이러한 빨간벽돌의 고풍스런 건물과 집이 가장 많은 나라는 어디일까?
프랑스나 독일, 체코라고 생각하기 쉽지만
의외로 미국에 가장 많다.

이제라도 이러한 건물들을 지으면 후손에게 멋진 유산을 남겨줄 수 있음에도
그것이 어려운 이유는
빨간벽돌을 만드는 공장도 없고
벽돌을 쌓아 집을 짓는 벽돌공도 없다는 사실이다.
더불어 미장이와 목수도 모두 사라진 오늘날이 아쉽기만 하다.
또한 내가 그 사람이 될 수 없다는 현실은 더욱 안타깝다.

예술의 깊이가 다를 수밖에 없는 나라

웅장한 음악당을 지어놓고 그 안에 한국의 명음악가 초상화를 붙여놓는다면
누구의 사진이 걸릴까? 안익태, 홍난파, 정명훈, 윤이상....
내 불편한 지식으로는 더 이상 생각나지 않는다.
국악인은 김소희, 임방울, 이생강, 황병기...
역시 더 이상 생각나지 않는 것은 내 잘못이 아니다.

차이코프스키, 무소르그스키, 발라키에프, 스트라빈스키, 라흐마니노프...
이 외에도 열거하자면 족히 30명은 나올 텐데...
러시아에 이렇게 많은 음악가가 있는 것도 내 잘못이 아니다.

광활함, 지독한 추위, 다민족, 굴곡 많은 역사, 많은 인구가 위대한 음악가
탄생의 배경이 아닐까 싶다. 기차를 타고 러시아 대평원을 지나면 심금을
울리는 음악이 아니 태어날 수 없음을 저절로 느낀다.

그에 비해 그 숫자는 적지만 한반도의 작은 국토에서 짧은 역사 동안 몇
명이라도 세계적 음악가가 태어난 것은 참으로 위대한 업적이랄 수 있다.
앞으로는 더 많이 태어나겠지?

인생, 뭐 별거 있더냐

아르바뜨의 거리, 푸슈킨 동상 건너편에 있는
무엇하는 놈팡이인지 모르겠으나
상당히 건방진 태도로 우리를 꼬나본다.

왼쪽 옆구리에 둘둘 만 신문지(혹은 잡지)를 끼고 있는 품새로 보아
작가인 듯도 싶고 (푸슈킨인가?)
일과를 마치고 집으로 돌아가는 가난한 출판사 편집자인 듯도 싶고
그저 평범한 아버지인도 싶은데
표정만은 범상치 않다.

발밑에 꽃다발 한 묶음이 놓여 있는 것으로 보아
러시아인들의 존경을 받는 사람임은 분명하겠지만
굳이 그 이름을 묻지는 않았다.
이름을 알든 모르든
존경을 받을 사람이라면 계속 존경 받을 것이며
평범한 사람이라 해도 이렇게 서서 사람들을 꼬나보는 것만으로도
제 할 일은 다하고 있는 것이다.
그러다가 문득 소리치겠지.
"뭘 봐? 나는 그렇다 치고, 넌 대체 뭐 하는 놈이냐?"

가장 깊은 슬픔을
간직한 도시

Warsaw
바르샤바

그 상처는
다 아물었을까?

두 여인의 대화
Oil on Canvas(72.7 × 53)

사진 출처: 국방TV

잠시 검문이 있겠습니다

혹시
밀입국자인지, 인터폴의 수배를 받는 국제 현상범인지, 테러리스트인지,
사진과 실제가 다르지는 않은지...
"잠시 여권심사가 있겠으니 적극 협조 바랍니다."

블라디보스토크를 출발한 러시아횡단열차는 모스크바가 종점이다.
그곳에서 모두 내려야 한다.
만일 기차를 더 타고 싶다면 국경에서 여권심사를 받는다.
우리는 두 번 여권심사를 받았는데
한번은 모스크바에서 벨로루시에 입국할 때였고
또 한번은 벨로루시에서 폴란드에 입국할 때였다.
폴란드에서 독일로 넘어갔을 때 여권심사를 받았는지 어땠는지
기억나지 않는다.

기차의 레일 규격은 전 세계가 통일되어 있는데
러시아 – 폴란드, 혹은 폴란드 – 독일의 레일 규격은 다르다.

그 이유는, 기차에 군인들을 태워 단숨에 국경을 침범하는 것을 막기 위해서다.
그래서 우리가 모스크바 국경 인근의 마지막 도시에서
아침밥을 먹을 때 기차는 거대한 수송기지로 들어가
거대한 기중기로 상체를 들어내고 그 아래의 바퀴만 바꾸었다.

다른 나라를 침략하고 정복하려는 욕심이 없었다면
레일을 다르게 만들지도 않았을 것이며
국경 자체도 없었을 것이다.
그 전에
인간이 선한 존재였다면
여권 심사도 없었을 것이련만...
그렇지 못한 것은 신의 뜻인가?

여기는 바르샤바입니다

두 칸짜리 트램(Tram 노면 전차)이 다니고,
버스를 기다리고,
전철을 타려 지하입구로 내려가고, 올라온다.

아침의 풍광은 어디에나 똑같다.
하나의 삶을 이루어가고, 가정을 꾸려가고
그렇게 우리들은 서울에서, 베이징에서, 시카고에서, 리야드에서,
멕시코시티에서,
바르샤바에서
살아간다.
단지 살아가는 방법만 다를 뿐
살아가는 목적은 똑같다.

뒤편 건물은 1940년대에 스탈린(Joseph Stalin)이 폴란드에 선물한 것이란다.
웅장하고 위압적인데 폴란드 사람들은 이 건물을 싫어한단다.
차마 부술 수는 없어 그 주변에 높은 빌딩들을 지어 모습을 감추려 한다는데
싫든 좋든 역사를 지워버릴 수는 없는 것.

정신의 편력은 경험의 편력과 맞먹는다. 여행의 양이 곧 인생의 양이다.

– 이어령

설렘_ 자작나무와 분홍비늘꽃 사이

어디에서나 농사는 서글픈 것

농부는 간 데 없고
개 한 마리 짖지 않으며
새벽을 알리는 닭 울음소리도 들리지 않는다.
경운기도 없고 트랙터도 없고
농가월령가(農家月令歌)도 들려오지 않으며.
농자(農者) 천하지대본(天下之大本)은
거짓이 되어버렸다.

보리인지 벼인지 밀인지... 수확이 끝난 들판에 누런 대만 끝없이 펼쳐져 있다.
젊은이들은 농사에 미래가 없다 하여 다들 도시로 떠났을 것이며
어디나 그렇듯 순박한 바보들만 남아서 고향을 지킨다.
아담하지만 쓸쓸한 농가만이 드문드문 서 있다.

농부가 없으면 먹을 것이 없어지고
먹을 것이 없어지면 인간은 모두 사라짐에도
우리는 농사를 잊어가고 있다.
서양이든 동양이든 마찬가지라는 슬픈 현실 앞에서
"나라도 귀향해서 농사를 지어볼까"
정말––– 부질없는 생각을 해본다.

숲속의 슬픈 음악가

뭐 이름이야 숱하게 들어보았지만
정확한 이름은 무엇인지, 유명한 곡은 무엇인지, 어느 나라 사람인지조차
알지 못했던
쇼팽이
프레데리크 프랑수아 쇼팽(Fryderyk Franciszek Chopin, 1810~1849)이고
폴란드 젤라조바 볼라에서 태어났다는 사실은 여행에서 돌아온 후에 알았는데
피아노 협주곡, 피아노 소나타, 발라드 제1번~제4번, 마주르카 제1번~제51번,
녹턴 제1번~제20번, 폴로네이즈 제1번~제7번 등등은 무엇인지 모르겠다.

와지엔키(Łazienki) 공원 혹은 쇼팽공원에 가면
거대하고 아름다운 쇼팽 동상이 있다.
사람들은 이 그로테스크하고 숙연한 동상 앞에서 사진 찍기에 바쁘지만...
쇼팽이 19살에 폴란드는 러시아, 오스트리아에게 나라가 분열되어 사라졌고
학교에서 러시아어나 독일어를 강제로 배웠고
오스트리아를 거쳐 프랑스로 간 이후 39살에 죽을 때까지 조국에 돌아오지
못했고
그의 음악은 슬프고 암울한 시대를 버티는 희망이었으나 금지곡이 되었고
1910년에 탄생 100년을 맞아 동상을 세우려 했으나 조각가 시마노프스키는
자살하고
1926년 우여곡절 끝에 동상을 세웠으나 독일 나치에 의해 폭파되고
모든 복제품 동상은 철거되어 폭탄을 만드는 데 쓰였고
2차대전이 끝난 뒤 또 한번의 우여곡절 끝에 동상을 원형 그대로 다시
세웠고....
관광객들은 그 앞에서 사진을 찍는다.

오로지 자신으로 존재하려면 어느 정도의 용기가 필요하다.

— 소피아 로렌

쇼팽 머리 위의 나무는 버드나무다. 바람이 불어 푸른 가지가 산발되어
흩날리는 모습이다. 마치 폴란드의 슬픈 현대 역사를 보여주는 듯하다.

너는 나를 아느냐?

당연히 모른다.

알고 싶지도 않다. Marszalek Jozef Pilsudski 라는 낯선 이름의 이 사내는
와지엔키(Łazienki) 공원 입구에 버티고 있는데 위압적으로
관광객들을 노려본다.

누군지 설명해주는 사람도 없고, 아는 사람도 없고,
알고 싶어 하는 사람도 없었다.

아주 나중에 찾아보니 2차대전이 일어나기 전 폴란드 대통령을 지낸
필수드스키 원수(Marshal Joseph Pilsudski)란다.

단지 대통령이라 해서 동상을 세웠을 리는 없고
무언가 위대한 업적을 남겼기 때문일 텐데...
독립운동을 했다는 기록이 있다.

폴란드의 역사뿐만 아니라 1800년대부터 오늘에 이르기까지 200년 동안 유럽의
역사는 복잡하기 그지없어 설명을 하자면 책 2권으로도 모자란다. 그러므로
그냥 필수드스키라는 상당히 묘한 이름의 사내가 있었다는 것, 그의 동상이
공원 앞에 세워져 있다는 것만 알면 된다.

그렇다 해서 그를 무시하거나
폴란드 역사를 비하하는 것은 아니예요.

MARSZAŁEK JÓZEF PIŁSUDSKI

용서하되 잊지는 말자

"길가에 너무 흔히 굴러다니기 때문에 도리어 세상 사람들이 돌아보지 않거나 적어도 인식되는 일이 없는 진리라는 것이 있다. 세상 사람들은 가끔 이러한 자명한 이치를 무심코 지나쳐 버리고는 누군가 그것을 발견하고 일깨워주면 크게 놀란다. 콜럼버스의 달걀은 수천 수만 개나 돌아다니지만 발견하는 사람은 아주 드물다."

1925~27년 발간된 히틀러의 자서전 〈나의 투쟁〉(Mein Kampf) 제1권
'민족주의적 세계관'의 11장 '민족과 인종'에 실린 글이다. 매우 멋진 말이고,
옳은 말이다. 이 잘못된 옳음에 기초하여 히틀러는 역사상 가장 큰 전쟁을
일으켰고 대대적인 인종청소를 단행했다.
그때 희생된 유대인들의 추모비가 바르샤바에도, 베를린에도 있다.
밋밋한 사각형의 대리석을 수백 개 세워놓은 추모비인데… 저절로 고개가
숙여진다. 그리고 아래에서 위를 올려다보면 십자가가 된다.
희생된 죄없는 사람들에게 작으나마 위로가 될까?

"용서하되 잊지는 말자."
이 말은 여러 경우에 쓰이는데, 그 처음은 2차대전이 끝난 후 유대인들이 했던
맹세라 한다. 그들은 히틀러와 나치, 독일인들을 용서는 했지만 결코 잊지는
않을 것이었다. 하지만 불행한 역사는 끝없이 되풀이 된다는 사실 앞에서 이
맹세와 교훈이 언제까지 유효할 것인지는 아무도 장담할 수 없으리라.

꽃 한 송이로 위로가 되지는 않을지언정...

한 사람의 죽음은 하나의 우주가 사라지는 것과 같다.
정확한 숫자는 지금도 아무도 모른다.
최소 400만 ~ 최대 600만.
적어도 400만 개 이상의 우주가 아무런 이유 없이 사라졌으니
인류 역사상 가장 큰 비극이다.

그 앞에 놓인 꽃 한 묶음이 위로가 되지는 않을지언정
꽃을 놓을 수밖에 없는,
살아남은 자들을 용서하시길....

1976년 3월에 발행된 한국어판 히틀러 자서전 〈나의 투쟁〉(Mein Kampf)과 추모관 사진. 그 앞에 놓인 꽃은 39년 전이나 지금이나 변함이 없다.

용서를 빌 수 있는 용기

"나는 노동자로서 철로를 놓았을 뿐입니다."

"나는 단지 가스 밸브를 열었을 뿐입니다."

"나는 명령에 따라 유대인들을 수색했을 뿐입니다."

2차대전이 끝난 후 열린 뉘른베르크 재판에서 유대인 학살에 관여한 사람들은
한결같이 자신이 죄가 없음을 주장했다. 그렇다면 600만 명이나 되는 사람들을
히틀러 혼자 죽였다는 말인가?

25년 후, 한 사내가 그 잘못을 모두 시인하고 용서를 빌었다. 서독의 4대 총리
빌리 브란트(Willy Brandt 본명은 Herbert Ernst Karl Frahm, 1913~1992)이다.
1970년 12월 7일, 바르샤바 유대인 위령탑 앞에서 헌화를 하던 브란트는 갑자기
무릎을 꿇었다. 브란트는 무릎을 꿇은 것에 대해 "인간이 말로서 표현할 수 없을
때 할 수 있는 행동을 했을 뿐이다"라고 말했으며 세계 언론은 "무릎을 꿇은
것은 한 사람이었지만 일어선 것은 독일 전체였다"라고 평했다.

독일은 25년 만에 죄를 시인하고 용서를 구했지만
일본은 70년이 지난 2015년까지 그들이 침략하고 학살한 아시아 어느
국가에게도 아직 용서를 구하지 않았으며, 전쟁의 책임이 자신에게 있다고
인정하지도 않았다.
진전한 선진국이란 무엇인가를 잘 대비해서 보여준다.

일본의 총리 혹은 왕(천황)이 진심으로 사죄하고 무릎을 꿇는 날이
진정한 아시아의 평화가 정착되는 날이 될 것이겠지만....,
과연 그날이 올까?

그대에게 죄를 지은 사람이 있거든,
그가 누구이든 그것을 잊어버리고 용서하라.
그때에 그대는 용서한다는 행복을 알 것이다.

– 톨스토이

무엇을 기록할까

무언가를 기록한다는 것은 무언가를 알겠다는 뜻이며
무언가를 알고 있다는 것은 오래도록 기억하겠다는 의미다.
소녀는 무엇을 기록하고, 무엇을 기억하려 할까?

할아버지 세대의 고통, 죽음이 무엇인지,
누가 그들을 죽였는지 알고자 함일까?

아니면 위로의 편지
혹은 가해자에게 용서의 편지를 쓰는 것일까?

저 작은 몸짓이 모든 어른들에게
오래도록 기억되어
슬픈 역사가 반복되지 않기를 바라지만
인류는 여전히 죽고 죽이는 처절함의 한가운데 있음에!

내 삶은 커다란 흰 종이처럼 나에게 요구를 한다.
가득 적어야 하지만 내가 한 글자도 적지 못하는 그런 종이 말이다.

– 게오르그 뷔히너

사람들은 살아간다

누군가는 이야기를 나누고
누군가는 떠나려 하고
누군가는 하루의 피로를 풀려 한다.
그것이 우리네 사는 모습이다.

잘난 사람도, 못난 사람도, 특별한 사람도, 평범한 사람도
누군가를 미워하고, 사랑하고, 그리워하고, 용서하고...
그것이 내가 살아가는 모습이다.

이름을 남기기 위해
권력을 잡기 위해
거부가 되기 위해 살기보다
하루를 보람있게 사는 것
그것이 삶의 참된 모습이다.

반드시 베고야 말리라

1572년 야기에오(Jagiellonian) 왕조가 끝나고, 귀족 공화정이 등장하면서 국왕의 권력이 귀족들에 의해 제한되었다. 1596년에는 지그문트 3세(Zygmunt Ⅲ)가 수도를 남부 크라쿠프(Krakow)에서 바르샤바로 옮기면서 모스크바 대공국과 마찰을 일으켰고, 1655년에는 스웨덴과 러시아가 침공해 국력이 약해졌다. 이 같은 상황에서 러시아 · 오스트리아 · 프로이센 3국은 점차적으로 폴란드를 침범하여 1772년 국토의 1/4을 빼앗겼다. 1793년에는 제2차 분할이 이루어져 러시아와 프로이센에 더 많은 영토를 빼앗겼고, 1795년 제3차 분할로 폴란드는 완전히 소멸했다. 그 결과 1807~15년 사이를 제외하고 러시아 · 오스트리아 · 프로이센이 1918년까지 폴란드를 지배했다. 1815년 빈 회의의 결과로 러시아 내에 폴란드왕국이 세워졌으며, 러시아 황제가 폴란드 왕을 겸했다. 1830년 폴란드인들은 반란을 일으켜 혁명정부를 조직했으나 실패했고, 1863년에 일으킨 두 번째 독립전쟁도 실패로 돌아가고 말았다.

인터넷 백과사전에 실린 〈폴란드 분할시대〉의 간략한 설명이다. 도대체 왜 그런 일이 일어났으며, 국민들은 무엇을 했는지 의아할 정도로 기구한 역사를 지니고 있다.

칼을 든 이 남자가 누구인지 알 수 없으나 1830년 조국을 찾고자 반란을 일으킨 혁명가 중 한 사람이라고 생각하고 싶다. 실패로 돌아갔음에도 용감하게 반기를 든 그에게 찬사와 위로를 보낸다. 조그만 점으로 찍혀 있는 보름달이 그의 용맹을 증명하리라.

살아가는 방법에 대해

피에로는
겉으로는 웃고 있지만 마음은 우울할지 모른다.
어제, 사랑하는 연인이 이별을 고하고 떠났어도
오늘, 변함없는 얼굴로 사람들 앞에 나앉아야 한다.
그 앞에는 우유 깡통이 있고 그 속으로 땡그랑 소리와 함께 동전이 떨어져야
가면 속에서 미소가 번진다.
하루의 일과를 마치면 피에로는 부동자세에서 일어나
한 끼의 음식을 먹으려 요리사에게 가리라.

요리사의
아내와 아들의 식탁 위에 놓이는 접시는 서너 개에 불과하고
그 안에 담긴 음식은 어제와 똑같을지라도
요리사는 손님을 위해 세상에서 가장 맛있는 요리를 만든다.
그 요리를 평생 한번도 가족에게 대접하지 못할지도 모른다.
가면을 쓴 피에로의 동전만큼 음식을 만들어야 하기에.

살아가는 방법은 다 다를지라도
종착역은 똑같다.
그 길에서 만나는 사람은 가지각색일지라도
삶에 주는 의미는 똑같다.
서로가 서로에게 피에로가 되고 요리사가 되는 것이다.

너 자신을 아는 것을 너의 일로 삼으라. 그것은 세상에서 가장 어려운 교훈이다.

– 세르반테스

바라보는 자의 여유, 걷는 자의 한가함

지금 이 시각
한낮의 태양은 건물 저편으로 가라앉고
집으로 돌아갈 생각이 눈곱만큼도 없는 남자는
벤치에 앉아 멍한 눈길로
오가는 사람들을 바라본다.
그가 응시하는 것은 세상이며, 삶이다.

시원한 생맥주와 담소가 넘쳐나는
유혹의 불빛을 마다하고
한 남자는 집으로 돌아가려 한다.
서운함이 발목을 잡지만
오늘 할 일을 다 했으니 모든 것을 뿌리친다 하여도
아쉬움은 없다.

밤의 이미지는 아름답다

슬픈 역사쯤이야 극복하면,
−그만큼의 아픔과 세월이 요구되지만−
극복하면 그만이다.
어느 민족인들 아픔이 없으며, 어느 나라인들 고난이 없을쏘냐.
그러므로, 그러니까. 그렇기 때문에...
밤을 화려하게 장식한다 하여 슬픔이 묻히지야 않겠지만
오늘을 사는 사람들에게 작으나마 위로와 희망을 준다.

보여주기 위한 관공서용 조명도 필요하지만
작은 가게의 작은 등불도 있어야 한다.
창 위에 매달린 LOTTO 간판이 눈길을 끄는 이유는
불확실성의 시대에서
전 세계 어디를 가든 유일한 탈출구이기 때문 아닐까.

설렘_ 자작나무와 분홍비늘꽃 사이

그것은 나의 그림자였을까

낮에 보면 훨씬 좋았을
바르샤바의 옛시가지를 저녁 7시 넘어 어슬렁거리기 시작했다.
다행히 한여름이었고 백야가 조금이나마 남아 있었던 것일까
유네스코 세계문화유산이라는 이곳의 운치가 슬금슬금 다가왔다.

사람들을 모아놓고 쓸데없는 만찬회만 없었어도
VIP들의 의미없는 일장훈시만 없었어도
더 깊은 추억이 남았으련만...

그 아쉬움 속에 1시간 넘게 거닐었던
옛시가지를 잊을 수 없는 이유는
한 사람이 다가왔다가 멀어졌다가
문득 돌아보면 곁에 있다가.

그것은 나의 그림자였을까,
혹은 이름만 겨우 아는 낯모를 타인이었을까.

아주 긴 세월이 흘러
바르샤바를 아십니까? 라고
물었을 때 회한에 담긴 눈동자가
떠오르면 그것이
바로 그리움이었노라.

멈추지 않는 K-POP 열기

해외에 나가

"I'm from Korea."

라고 말하면 간혹 North Korea? or South Korea?

라고 묻는 사람이 있다.

순간적으로 North가 북인지, 남인지, South가 북인지, 남인지

당황스럽다.

그럴 때 핸드폰을 꺼내 보여주면 된다. 갤럭시 혹은 LG G4이면 만사형통이다.

만일 아이폰이라면 South Korea라고 분명히 말해주어야 한다.

발음이 시원찮다면

'갤럭쉬' 혹은 '엘쥐 쥐포'

아니면 '현다이 오토모빌'(현대자동차)

혹은 '싸이, 갱냄스타일'이라고 하면 다 알아듣는다.

그런 의미에서 삼성, LG, 현대는 한국의 이미지를 높이는데 큰 역할을 했다(이 기업들이 모두 훌륭하다는 뜻은 아니다). 싸이는 역대 모든 대통령이 한 일보다 더 많은 기여를 했다고 볼 수 있다.

유럽에서도 한류는 대단하다. 바르샤바에서 열린 K-POP 경연대회에는 많은 남녀청춘들이 솔로로 혹은 팀으로 참여해 열정과 끼를 보여주었다. 그들의 노래와 춤에서 한국의 대중문화가 한국의 이미지를 알리고, 높이는 데 얼마나 큰 역할을 했는지 잘 알 수 있었다.

그런 의미에서 연예인과 기업인들은 훌륭한 민간 외교관이며

정치인들은 더 많은 노력을 기울여야 하지 않을까?

노래는 멈추지 않는다

선율은 아름답지만 듣는 사람은 그저 호기심이다.
듣는 사람은 건성일 수 있지만 부르는 사람은 애절하다.
던져주는 동전 하나는 적선일 수 있지만 부르는 사람은 한 그릇의 밥이다.
지나치는 사람은 관광이지만 부르는 사람은 직업이다.
그 사이에 노래가 있다.
그 노래는 노래이면서, 노래인 듯하면서, 노래가 아닌 듯하면서 노래이다.

광장에 나와 동전 하나를 얻기 위해
그가 악기를 배우고, 오선지 위의 음표를 공부한 것은 아닐지언정
한 명의 유랑극단이 되어 때로는 응답 없는 노래를 부르는 것은
그의 운명 혹은 신의 뜻일 것이다.
그래서 그의 노래는 애절하다.

침묵 속의 맹약

약속을 한 후 여섯 사람은 침묵을 지킨다. 약속보다 더 중요한 것은 침묵이다.
그 침묵이 깨지는 순간 약속은 허공에 흩어지는 먼지가 된다.
오른손이 4개, 왼손이 2개.
그 앞과 옆에 놓인 잔은 6개, 그 잔에 담긴 것은 붉은 포도주.
피만큼 붉은 포도주를 놓고 그들이 지킨 약속은 영원한 비밀.

1939년 9월 1일 새벽 4시 45분, 독일군은 국경을 넘어 폴란드를 침공했고,
2차대전이 시작되었다.
폴란드의 도시 대부분이 파괴되었으며, 소련이 가세해 이후 6년 동안 두 나라의
지배를 받았다.
폴란드는 망명정부를 세웠고, 그 시기의 어느 날 6명이 모여 저항을
약속하지만....
조국을 되찾을 수는 없었다.
그 슬픈 자화상이 바로 이 조각작품이다.

섬뜩하고, 처절하고, 애달픈 이 작품은 어느 박물관에 전시되어 있다.
아쉽게도 박물관의 이름도, 위치도, 작가의 이름도 기억나지 않는다.
지하였다는 사실만 떠오른다.
기억하기가 너무 가슴 아파
잊었을 것이다.

복수하는 최선의 방법은 악행을 범한 사람과 같은 사람이 되지 않는 것이다.

- 아우렐리우스

빈센트 반 고흐를 아시나요?

그는 어쩌면 허리가 굽었을 것이며
소의 눈을 지녔을 것이며
하이얀 손은 길고 가늘었을 것이다.

그 길고 가는 손으로 그린 그림을 나는
바르샤바 뒷골목에서 보았다.
네덜란드–프랑스–영국–벨기에를 떠돌았지만
고흐(Vincent Willem van Gogh)는
폴란드는 한번도 방문하지 않았다.
그러나 이 거리에서 고흐가 떠오른 것은 그의 그림처럼 우울하고, 고즈넉한
풍경 때문이 아니라
자살로 삶을 마감한 그의 안쓰러운 일생이 떠오르기 때문이다.

"부탁이니까 울지 마. 슬픔은 영원히 남는 거야. 난 이제 집에 가는 거라고."
고흐가 남긴 마지막 말이다.
동생 테오 반 고흐(Theo van Gogh)에게 슬프면서도 위안이 되는 유언을 남기고
고흐는 눈을 감았다.
그의 염원처럼 '집'으로 돌아가 편히 쉬고 있을까?
아니면 우울한 이방의 뒷골목에서 영원히 방랑하고 있을까?

담배 피는 남자
Oil on Canvas(40.9×27)

바라본다.
지난날을 떠올린다.
앞날은 생각지 않는다.

흩날리는 담배연기 따라
삶도 흩어진다.
사랑도 날아가고, 미움도 사라지고, 그리움도 희미해진다.
기차를 따라 내 인생도 흘러간다.

서로 사랑하시나요?

인형을 맨 처음 만든 사람은 주술사였을 것이다.
짚이나 나뭇가지로 꼭 닮게 만든 뒤
마구 저주를 퍼부었을 것이다.

그것을 훔쳐본 여자가
사랑을 배신한 남자를 만들어 더 심한 저주를 퍼부었을 것이다.
그러다 가슴이 너무 쓰라려 펑펑 울었을 것이다.
그러다 꺼안고 잠에 들었을 것이며

그것을 훔쳐본 남자가
흥, 콧방귀를 뀌고는 짝사랑하는 예쁜 여자를 만들어
칼끝에 매달고 다녔을 것이다.

그것을 본 다른 남자와 여자들 모두
누군가를 닮은 인형을 만들었고
그렇게 4~5천년이 흘러 전 세계로 퍼졌을 것이다.

태초에 저주에서 시작해 사랑으로 마무리 되었으니
인형을 예뻐하지 않을 이유가 없다.
설사 늙은 신랑신부라 할지라도.....

어떻게 늙어가야 하는지를 아는 것은 슬기의 걸작이요,
삶이라는 위대한 예술에서 가장 어려운 장이다.

— 앙리 프레데리크 아미엘

한 그릇의 밥이 있거들랑

내가 오늘 한 그릇의 밥을 먹을 수 있는 것은
농부의 수고로움과
야채 장수의 노동과
요리사의 정성이 있기 때문이다.... 가 아니라
"그들의 이익 때문이다."
라고 누군가 말했다. 그 말이 100% 맞지만

내가 오늘 한 그릇의 밥을 먹을 수 있는 것은
마음이 통하는 친구가 있기 때문이며
아늑한 공간이 있는 덕분이다.
그곳에 천장은 애당초 없으며 벽은 2개밖에 없으며
오가는 사람들이 흘긋거릴지언정
내 앞에 놓인 음식에 한없이 감사한다.

벽과 벽 사이에 아늑한 식당을 만든 장사치의 '이익'이 아니라
한 끼의 밥을 먹을 수 있는 배려가 고맙다.

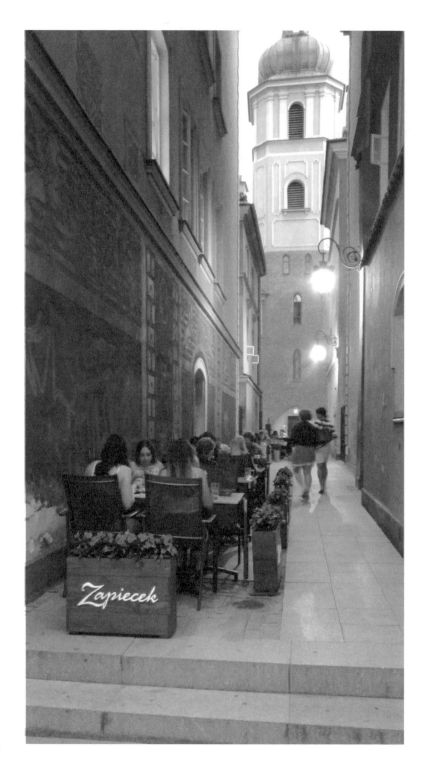

화려함 속에 깊은 슬픔이 있다

유리로 만든 이 건물은 말하자면, '유대인 학살 추모관'이다. 정식 명칭은
무엇인지 모르겠다.
나는 어떤 건물, 기념관, 박물관의 정식 명칭을 굳이 알 필요는 없다고
생각한다.
중요한 것은 그 안에 담긴 내용이기 때문이다.

전 세계에서 가장 큰 유대학살추모관은 야드 바셈이라 하는데 이스라엘
예루살렘에 있단다. 정식 명칭은 '야드 바셈 홀로코스트 박물관(Yad Vashem
Holocaust Museum)'이다. 이외에도 추모관은 여러 곳에 있는데 그중 하나가
바르샤바에 있다.

바깥에 거대한 동상이 있고

그 아래에는 언제나 꽃이 있으며

안에는 여러 전시품이 진열되어 있다.

눈길을 끄는 것은 유대인들의 교회(?) 모형을 재현한 건축물이다.

굉장히 화려하지만 그 옆에는 죽음의 묘비들이 가득하다.

묘비에 새겨진 이름들은 희미해지고

그들을 추억하는 사람들도 드물어지고

낯선 이들의 발길만이 분주해질 때

그것은 잊혀진 역사의 한 페이지가 된다.

숲에서 길을 잃지 않으려면

와지엔키(Łazienki) 공원 혹은 쇼팽공원이라 한다.
공원에 거대하고 멋진 쇼팽 동상이 있기 때문이고, 쇼팽음악회가 열리기
때문이다.
와지엔키는 목욕탕이라는 뜻이며,
사냥꾼들이 사냥을 마치고 이곳에 와서 목욕을 했기에 붙여진 이름이다.

엄청나게 넓고 미로가 많아서 길을 잃지 않도록 주의해야 한다.
두세 명이 간다면 절대 흩어지지 말아야 하고
가이드를 따라 간다면 그를 놓치지 말아야 한다.
아름드리나무들과 넓은 잔디, 공작새, 조각품, 유람선, 작은 궁전, 장미숲에
정신을 빼앗기면 길을 잃고 만다.

하지만
솔직히 말해서
넓다는 것과
웅장한 쇼팽 동상이 있다는 것만 빼면
여느 공원과 마찬가지다.
그럼에도 한번쯤 볼 필요는 있다.

이렇게 넓은 공원을
만들고, 가꾸고, 유지하는 데
얼마나 많은 수고와 노동, 돈이 필요한가를 깨닫기 위해서는.

분단의 땅에서
눈물 짓다

Berlin
베를린

둘이 하나
되는 것의
어려움

장벽 너머에
Oil on Canvas (90 × 60.6)

벽화가 위엄있는 기차역

시계가 가리키는 시간은 오후 7시 50분인데
아직 밖은 환했다. 7월 말이었으니까.
베를린 기차역에 내려 밖으로 나가니
귀에는 귀걸이, 입술에는 쇠구슬을 박은 남자들과
머리를 짧게 깎은 특공대 같은 여자들이
한여름인데도 색 바랜 가죽점퍼를 입고
팔에는 그로테스크한 문신이 가득 하고
기타를 치며, 요란하게 노래를 부르며
괴성을 내지르며...

러시아-벨로루시-폴란드를 거쳐 도착한
베를린 기차역은 고풍스러운 건물이 아니라 유리집.
자본주의 냄새가 물씬 풍기고
거리는 혼란스럽고, 사람들의 눈매는 칸트처럼 매섭고
단지 마음에 드는 것은 기차역의 글자 벽화
독일 병정을 닮은....

차가운 바람에
주섬주섬 파카를 꺼내 입으며
아, 지금 햇볕이 엄청 따가울 서울로
돌아가고 싶다.

여기는 베를린입니다

오래된 건물도 많고
길은 넓고 깨끗하며
아름드리나무가 줄지어 심어져 있고
맥주는 풍부하고
족발(슈바인학센 Schweins Haxen)은 맛있으며
구경거리도 많고
역사 사연도 깊다.
그러므로
아무 생각 없이 즐겨라.

무언가를 알려 하지 말고
일부러 깊이 깨달으려 하지 말고
여행에 의미를 두려 하지 말고
이방인을 두려워하지 말 것이다.

그것이 참된 여행
아닌가요?

쾌락의 탐구는 모든 인류 행위의 출발점이다.

– 스땅달

신나게 놀아보아요

오늘 해가 떴으니
맥주 한 잔!
해가 뜨지 않고 비가 온다면
그래도 맥주 한 잔!
해가 뜨지 않고, 비가 오지 않고, 바람만 불어도
그래도 맥주 한 잔!
눈이 펑펑 내리는 날에도 맥주 한 잔!

10명까지 앉아서 페달을 밟으면 앞으로 나가는
자전거식 자동차는 맥주 홍보차 겸 놀이차 겸
그냥 제멋대로 즐기는 차.

만든 사람은 기특하고
그것을 즐기는 청년들은 부럽다.

무엇을 기원하는가

우리나라가 통일되면 '통일문'을 어디엔가 세울 것이다.
판문점이 될 확률이 높다.
그 문의 이름은 무엇일까?
위치와 이름보다 더 중요한 것은 '언제'이다.
과연 언제 통일이 될까?

이 문은 개선문(凱旋門)이다.
가장 유명하기로는 프랑스 에투알 개선문(Triumphal Arch)이고
로마에 가면 콘스탄티누스 개선문(Arch of Constantine)이 있고
북한의 평양에도 개선문이 있으며, 한국 서울에도 비슷한 독립문이 있다.
그리고 베를린에는 브란덴부르크문(Brandenburg Gate)이 있다.

그 위치와 역사, 의미, 건축 형태는 인터넷을 참조하되, 가장 중요한 문장은
"1989년 11월 10만여 명의 인파가 문 앞에 운집한 가운데 베를린 장벽이
허물어졌다"
이다. 언젠가 우리나라도
"100만 명의 인파가 철책선 앞에 운집한 가운데 휴전선이 허물어졌다"
라고 기록되기를!

내 생명을 걸어야 한다

먼저 3초 동안 묵념을 올린 뒤
어느 쪽이 동쪽이고, 어느 쪽이 서쪽인지 파악하라.
자동차에서 내렸건, 걸어서 도착했건
베를린 장벽 앞에 서면 동서남북의 구분이 애매해진다.

방법은 간단하다.
양쪽을 다 본 후
앙상한 갈비뼈를 떠올리게 하는 벽속의 철근이 더 많이 패인 곳이 동쪽이다.
즉 동독 시민들이 장벽을 넘기 위해
콘크리트 벽을 죽자사자 파괴했다.

그런 다음 그 앞에 서서
뛰어넘을 수 있을지 없을지 가늠해보라.
그대가 혈기왕성한 청춘이라면 능히 뛰어넘을 수 있다고 자신하겠지만
장벽을 세운 사람은 그것을 충분히 감안해서 높이 세웠음을 알아라.

그런 다음 동쪽, 가장 철근이 많이 드러난 곳 앞에 서서
다시 3초 동안 묵념을 올려라.
1961년 8월 12일부터 1990년 6월 13일까지 29년 동안 희생된 사람은
대략 150명.
그들이 추구한 것은 딱 하나
자유!

자유를 위해 죽을 수 있다는 것은 나약한 굴종의 그늘 속에 사는 것보다
고귀한 것이다. 진리의 칼을 쥐고 죽음을 껴안을 수 있는 사람은 끝없는 진리와
더불어 영원하게 된다.

– 칼릴 지브란

위대한 승리를 기념하다

독일은 1차대전에서도 패했고
2차대전에서도 패했다.
게르만족의 피에는 '전쟁', '정복', '침략'의 유전자가
어쩔 수 없이 흐르는 것일까?
만약
3번째 전쟁을 일으킨다면 승리할 수 있을까?

세계사를 읽어보면 중세~근대는 영국과 프랑스의 대결 역사다. 그 외의 나라는
잘 등장하지 않는다. 대부분의 사람들이 잘 모르는 사실 하나는, 독일은 겨우
150년 전에 실제적으로 탄생했다는 사실이다. 비스마르크(Otto Eduard Leopold

von Bismarck)라는 위대한 철혈(鐵血) 재상이 없었다면 독일의 역사는 매우 다르게 전개되었을 것이며, 대 전쟁이 일어나지 않았을지도 모른다.

만약 그랬다면

현재 세계는 어떤 모습일까?

베를린 승전기념탑(Berlin Victory Column)은 브란덴부르크 문에서 바라보인다. 프로이센의 독일 통일을 기념해 1873년에 세워졌다는데 하인리히 슈트라크스가 만들었다 하며.... 이런 쓸데없는 정보는 굳이 알 필요없다. 가서, 보고, 사진 한 장 찍고, 그 위에 올라가 베를린 시내를 휙- 굽어보면 된다.

사소한 것의 예술성

"예술가들의 70%는 사기꾼이다"
라고 말하면 대부분의 예술가는 화를 내겠지만
내가 아무런 생각 없이 소설 하나를 썼을 때
어떤 평론가가 막 분석을 해서
이러쿵저러쿵 의미를 부여할 때는
웃음이 절로 나온다.
나는 그저 글 하나를 쓴 것에 불과한데...

그림도, 조각도 마찬가지 아닐까?

그러고 보면 예술가가 사기꾼이 아니라
평론가가 머릿속이 텅 빈 부류!

길거리에 놓여 있는 그닥 쓸모없어 보이는 탁자 하나.
하지만 내가 보기엔 거의 완벽하다.
숱한 날을 구상하고
깎고 다듬어 만든 이 멋진 탁자가
돌보는 사람 하나 없이 그저 나무 아래에
덩그러니 놓여있는 무관심이 가슴 아프다.

더 이상 추가할 것이 없을 때가 아니라 더 이상 뺄 것이 없을 때
완벽함이 성취된다.

– 생텍쥐페리

포탄의 흔적이 아니라 복수의 흔적

총구가 새빨갛게 달구어져 터져버릴 때까지
총알을 갈겨댔을 것이다.

한쪽은 이 성당을 사수하려 하고
다른 한쪽은 목숨을 걸고 점령하려 한다.
왜? 무엇을 얻고자?

1945년 4월 말경, 베를린에는 나치군 20만 명이 있었고 그들은 완벽하게
고립되었으며
소련군과 절체절명의 전투를 치렀으나 수많은 목숨만 희생된 채
결국 항복하고 말았다.
소련군은 지도에서 베를린을 없애버릴 심산으로 무자비한 폭탄을 떨어뜨렸는데
만약 미군이 먼저 진격했으면 그렇게 많은 살상과 파괴는 없지 않았을까?
라고 부질없는 생각을 해본다.
다행히 전후에 모든 것이 복구되었으나 이 성당의 총알 자국은 그날의 아픔을
선명하게 간직하고 있다.

인생은 짧은 이야기와 같다. 중요한 것은 그 길이가 아니라 값어치다.
― 세네카

내 몸은 속박되었으나 영혼은 자유롭다

베를린 교외의 어느 큰 호텔 (이름은 알지 못한다)
앞에 있는 박물관 (이름은 알지 못한다)
마당에 세워져 있는 청동 동상.
녹이 슬지 않아 더욱 선명한...

색출되어 붙잡힌 유대인으로 추정되며
아우슈비츠에서 독가스로 목숨을 달리했을 것으로 추정되며
아버지와 어머니 역시 희생되었을 것으로 추정되며
사랑하는 여인이 있었다면...
더 이상의 추정은 하지 않는 것이
이 남자에 대한 최소한의 예우다.

늘 그렇듯
동상의 남자 꼬추는 너무 많은 사람이 만져서
윤이 반들반들 나면서도
눈에 담긴 깊은 슬픔과 그리움,
그리고 모든 것에의 포기와 실낱같은 희망을
그 누가 가늠할 수 있을까?

어머니가 딸에게

나무 직조기를 가운데 두고 어머니는 딸에게 옷감 짜는 방법을 일러준다.
어머니의 눈은 깊고, 딸의 눈은 아련하다.
어쩌면 열 밤만 지나면 시집갈 딸의 옷을 마련하는 것인지도 모른다.

주름이 깊게 패인 할머니는 손녀에게 실 잣는 방법을 가르쳐준다.
아라크네(Arachne)의 후손이 되어 물레에서 실을 뽑아내
질기고 가는 실을 길게 뽑아
옷을 만들고, 커튼을 만들고, 밧줄을 만들고, 그물을 만들고...

콧수염이 더부룩한 저 아버지가 아들에게
가르쳐주는 것은 무엇일까?
그것이 무엇이든, 세상을 제대로 살아가는 기술일 것이련만
아들의 눈은 다른 곳을 향해 있다.
"나는 아버지 같은 삶을 살지 않을래요!"
아무렴 어떠랴. 그렇게 삶은 실처럼 질기게 이어지는 것을.

인간은 연약한 갈대에 지나지 않는다. 그러나 인간은 이성을 부여받은 갈대다.
이성적 사고만이 우리를 다른 세계 위로 높이 들어올린다.

– 블라스 파스칼

이것은 현란한 아우성

처음에 붙인 놈이 제일 잘난 놈이다.
그걸 보고 옆에 놈이 따라서 붙였을 게고
세 번째부터는 너도나도 우르르 붙였을 게다.

술집 전단지인지, 공연 안내문인지, 사원모집 공고인지
의미없는 딱지인지 알 수 없으나
전봇대는 화려한 옷을 입었다.

그렇게
소리없는 아우성이 아니라
현란한 아우성이 되었고
붙인 사람의 바람과 상관없이
들여다보는 사람은 아무도 없다.

현란하되 쓸모없는 몸짓일 뿐이다.

우리는 신 앞에 경건하지 못하다

신은 이것을 원하지 않았을 것이다.
예수는 마구간에서 태어나 십자가에 못 박혀 죽었고
부처는 보리수 아래에서 옷 하나만 걸치고 죽었다.
종교를 창시한 그 누구도
값비싼 옷을 입지 않았고, 감미로운 음식을 먹지 않았으며
화려한 집에 거하지 않았다.
다만 사람들이 그들의 집을 그렇게 꾸몄을 뿐이다.

만일 예수와 부처가 이 세상에 다시 돌아온다면
"어리석은 인간들아. 너희는 나의 말을 곡해했구나"
라고 한탄하리라.

브란덴부르크문 안쪽으로 20분 정도 걸어가면 나타나는
대성당. 돌이 너무 오래되어 불에 탄 것처럼 검은색으로
변했다. 예수의 마음도 그와 같지 않을까.

탈 것은 진화한다

옛날에 프로이센 왕국의 빌헬름 폰 훔볼트가 세운 대학이라 하는데
황태자의 여름별장이었다는 설명도 있다.

처음엔 베를린대학(Universitat zu Berlin)이었다가
프리드리히빌헬름대학(Friedrich-Wilhelms-Universitat)으로 바뀌었다가
지금은 베를린훔볼트대학(Humboldt-Universitat zu Berlin)이며,
운터덴린덴대학(Universitat unter den Linden)으로 불리기도 한단다.
철학과가 유명한데 마르크스(대략 1836년 즈음), 헤겔, 아인슈타인,
그림형제(Jacob & Wilhelm Grimm) 등이 이 대학을 졸업했다고... 그런데
헤겔은 이 대학을 졸업한 것이 아니라 1818년에 철학 교수로 부임했다.
인터넷을 보면 멋진 교문이 있는데 지금은 없는 듯하다(어쩌면 반대편에 있을
수도).

회색 타일이 촘촘히 박힌 광장에 오래되고 육중한 시계탑이 있고
자전거를 탄 향도자를 따라 사내들이 전동바이크(?)를 타고 줄지어 어딘가로
가고 있다.

180년 전 마르크스는 이러한 풍경을 상상이나 했을까?

노동은 가장 신성하다

땅을 파고
못을 박고
시멘트를 바르고
벽을 칠하고
전기선을 잇고
힘든 이 노동을 누군가 하지 않으면
삶은 이어지지 않는다.

다들 책상에 앉아 펜만 굴리고, 키보드만 두드리고, 지시만 내리면
인간 문명은 앞으로 나아가지 않는다.
그래서 가장 원초적인 노동은 영원해야 하고
우리의 터전을 가꾸어 가는 것이기에
가장 신성하다.

직접 찍은 사진이 아니라 벽에 붙은 사진을 찍은 것이다. 아마 건물을 짓는 노동자들의 면면을
소개하기 위해 붙여놓은 듯하다. 책임감과 신뢰를 주기 위해.

절제와 노동은 인간에게 가장 진실한 두 의사다.

― 장 자크 루소

벼룩시장은 삶의 징검다리

특별한 것일 수도 있고
하찮은 것일 수도 있다.
누군가에게는 필요 없는 것들이
누군가에게는 소중한 것이 될 수 있다.
그래서 벼룩시장은 삶의 징검다리다.

브란덴부르크 문에서 밖으로 나가지 말고
안쪽으로 쭉 올라가면
아기자기한 시가지가 나온다. 근엄하고 고풍스러운 대학도 있고
강도 있고, 그 위에 유람선도 있고, 오래된 거대한 성당도 있고, 공원도 있다.
즐비한 조각상들을 지나
어느 고딕 건물 앞에 이르면 작은 벼룩시장이 있다.
오래된 책, LP 음반, 엽서, 사진, 손수건, 기념품....
만원만 투자하면 소중한 추억을 살 수 있다.
그래서 벼룩시장은 삶의 환희다.

베를린 장벽의 작은 조각이 들어 있는 엽서. 1장에 2000원이다.

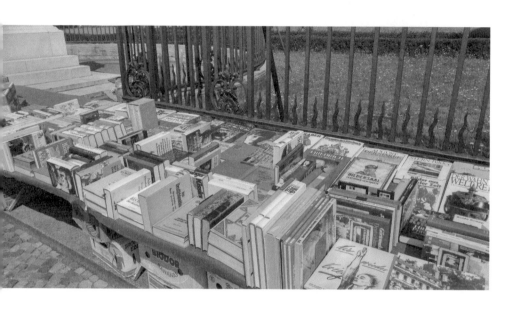

즐거움을 유지하는 주요한 비밀은 하찮은 일에 불안해하지 않고,
우리를 찾아온 작은 기쁨을 소중히 여기는 것이다.

−스마일스

세상을 향해 외치다

유관순을 떠올리게 하는 이 동상의 소녀는
맨발이다.

왜
누구를 향해
무엇을
외치고 있는 것일까?

깃발도 없이
확성기도 없이
뒤따르는 사람도 없이
그 흔한 신발조차 없이
고독하게 홀로 서서

무엇을 외치는 것일까?

석양의 베를린
Oil on Canvas(35 × 23.3)

어디에서나 밤은 우리의 친구
하루의 피곤을 잠재우고
내 영혼과 몸을 쉬게 하라.
꺼지지 않는 불빛이 있거들랑
고요히 잠들게 하라.

외로울 땐 그저 커피 한잔

혹 '300원'이라는 노래를 아시는가?
뚜띠(Ttutti)라는 쌍둥이 자매가 부르는 트로트.
"당신의 빈 지갑에 동전뿐이면 / 300원 커피도 맛있습니다"
라는 가사가 정말 마음에 와 닿는
스타벅스의 향긋한 카페라테가 아닌
이른바 '봉천동 커피'에도 참된 사랑이
담겨 있다고 감미롭게 속삭이는.

베를린 승리의 탑 언저리에
세워져 있는 세 바퀴의 작은 커피트럭.
어쩌면 칵테일 트럭일 수도 있고
어쩌면 술집 홍보차일 수도 있지만
나는 그저 커피려니 내 맘대로 생각하고는

커피는 300원짜리 자판기 커피가 젤 좋아!
촌스럽게 단정 짓는 것은
내가 촌스러워서일까?
아니면
스타벅스 카페라테의 참맛을
모르기 때문일까?

때로 아무 일도 아니할 자유가 없는 사람은 정말 자유를 모르는 사람이다.

― 키케로

파괴되어 더욱 아름답다

어쩌면 여신이었을 것이다. 고대 신화 속에는 남신보다는 여신이 더 많고,
사연도 더 굴곡지다.
그러나 가슴이 밋밋하고, 건물 앞에 수호신처럼 세워져 있는 것으로 보아
남신으로 보이기도 한다.

아무려나 상관없다.
돌은 수천 년의 세월이 흐르는 동안 검게 변했고
머리는 댕강 잘려 사라지고
군데군데 총탄을 맞은 흔적이 난무하다.
그래서 아쉽고 안타깝지만
그래서 더 아름답다.

온전하게 보전되었으면 미술 교과서나 역사 교과서에 실려
우리의 주목을 받았을 것이련만
몸뚱이만 남아서
역사의 속절없음을 보여주기에
더 애절하고....
더 아름답다.

역사란 인쇄된 종잇조각에 불과한 것이다.
중요한 것은 역사를 만드는 일이지, 역사를 쓰는 일이 아니다.

– 오토 폰 비스마르크

그날들을 기억하자

기억하지 못하면 망각하고
망각하면 불행이 다시 찾아온다.
하지만 인간은 망각의 동물이기에
어리석은 행위를 끝없이 되풀이 한다.

독일은 제3제국 시절 2차대전을 일으켰으나 1945년 5월 7일 항복문서에
서명하면서 패망으로 끝을 맺었다. 그리고 2개의 나라로 갈라졌다.
독일연방공화국(서독)과 독일민주공화국(동독)이다. 두 국가는 끊임없이
대립하고 갈등했으며, 베를린 장벽을 넘어 서독으로 탈출하는 자유인들은
무참히 총살되었다. 하지만 인류의 보편적 가치인 자유와 평화, 사랑, 화합은
끝내 베를린 장벽을 무너뜨렸고 동독과 서독은 1990년 10월 3일 통일되었다.
갈라진 지 45년만이다.

베를린에는 분단시절의 상징인 베를린장벽이 기념물로 세워져 있고 각각의
제복을 입은 병사들이 두 국가의 국기를 들고 퍼포먼스를 펼친다. 청년들은
그 앞에서 기념사진을 찍고 관광객들은 재밌는 구경거리로 삼지만 그 시절의
아픔이 사라지지는 않을 것이다.

그러함에도 그들이 부러운 이유는 우리보다 훨씬 먼저 스스로의 힘으로 통일을
이루었다는 사실이다. 하지만 실망할 것은 없다. 우리도 곧 통일이 될 것이며
'분단시절을 잊지 말자'는 철책선 퍼포먼스를 펼칠 것이기 때문이다.

이제는 고향 앞으로!

잔치는 끝났다.
이제는 집으로 돌아가야 할 때다,

돌아갈 때가 되면
불현듯 뒤를 돌아보고....
누구나 아쉽고 서운하다.

때로는 지겹고, 재미없고, 집이 그리워진다 해도
돌아갈 때가 되면
여행을 만끽하지 못했음을 깨닫는다.

면세점의 화려한 선물들과
깜빡거리는 출발/도착 네온들과
호주머니 깊숙이 간직한
비행기표와 여권을 쓰다듬으며
다시
시작하고픈 갈망이 들지만
이제는 돌아가야 한다.

내 옆에 앉은 사람이
예절 바르기를 기대하면서
반복되는 일상과 빤한 얼굴들이 기다리고 있는
그대의 고향으로.

지나가 버린
아름다운 나날은
또 다시 내 앞으로
되돌아오지 않는다.

– 알프렛 테니슨

그리고
남은 이야기들

And Others

나의 발자국은
지금도 그곳에
남아 있을까

석양의 다차
Oil on Canvas(10×60)

빛을 따라가라

내가 태어나면서
으앙~ 울음을 터트린 이유는
어머니의 자궁이 어둡고 안온했기에
세상에서 처음 만나는 빛이 낯설어서였다.

하지만 곧 어둠이 무서워졌고
빛을 따라 발걸음이 이어졌다.
빛이 있는 곳에서 나는
어머니의 자궁을 잊고
안도의 한숨을 내쉰다.

그대의 여행도 마찬가지.
번화한 도시에서 북극성을 찾으려 하지 말고
동서가 어디인지
남북이 어디인지 구분하려 하지 말고
그저
빛을 따라가라.

그곳에
따뜻한 한 그릇의 밥이 있고
쉼이 있고
포근한 잠이 있다.

무엇을 살까? 고민하지 말지어다

내가 고등학교 2학년 정도(1978년)까지만 해도 펜팔(Pen pal)이라는 것이
있었다. 서울의 남학생이 부산의 여학생과 편지로 사귄다는 것인데 시야를 넓혀
해외에 친구를 만드는 국제펜팔을 하는 녀석도 간혹 있었다.
한 녀석이 미국 여학생과 한 달에 두어 번 편지를 주고받았는데 한번은
대나무로 만든 20cm 정도의 지게를 학교로 가지고 왔다. 무어냐고 물으니 미국
여학생에게 보낼 선물이란다. 대나무 지게가 한국을 대표하는 상징 중 하나라는
데 이의를 다는 친구들은 없었다.

그로부터 37년이 지난 2015년에 한국의 상징은 무엇일까?

선물은 어느 곳에 갔다왔다는 증표이기도 하고, 그곳에서도 너를 잊지 않았다는
마음 씀씀이기도 하다. 아내의 선물은 사지 않아도(쓸데없이 돈 썼다고 구박
받기 십상이다) 아들과 딸의 선물은 꼭 사고, 애인의 선물도 빠뜨려서는
안 된다. 그러면서도 부모에게 줄 선물은 돈으로 대신한다. 러시아에 가면
마트료시카(Matryoshka)는 꼭 사야 하고, 바르샤바에 가면 인형을 사야 하고,
베를린에 가면 곰을 사야 한다.

선물은 나이와 비례한다. 어릴수록 더 많이 사주고, 나이가 들수록 숫자가
줄어든다. 곰 인형 1000개보다는 다이아몬드 하나, 명품 가방 하나가 더 좋다.
결국 나이가 들수록 돈이 더 많아야 한다는 뜻이기도 하다.

거리의 예술가들

그림을 보기는 쉬워도 그리기는 어렵다.
그림을 비판하기는 쉬워도 창작의 고통은 가늠이 어렵다.

화가는 보이지 않고 그림만 즐비하다.
강의 한켠에 이름 모를 여인들의 그림이 진열되어 있다. 주인공은 지금도
아름답고 행복할까?

시간이 좀 남는다면 무명화가 앞에 모델이 되어 나를 새겨넣을 것이며
돈에 좀 여유가 있다면 풍경화 한 점은 살 것이다.
혹은 그대가 그림에 소질이 있다면 거리의 화가가 될 것이다.
이도저도 아니라면 그냥 구경하는 것으로 만족!

셜렘_ 자작나무와 분홍바늘꽃 사이

따르릉 따르릉 비켜나세요

유럽에는 1칸짜리 전차가 많이 다닌다(그만큼 버스는 드물다).
트램(Tram)이라 부르는 이 노면전차(street car)는 19세기 말 미국에서 시작되어
전 세계로 퍼졌으나 정작 미국에서는 사라지고 유럽에는 여전히 많다.
어떤 트램은 레일 위를 달리기도 하고, 어떤 트램은 그냥 도로를 달리는 데
모두 전기선에 연결되어 있다. 위로 솟은 2개의 전기선을 '더듬이'라 부른다
하는데 그게 고장나면 올스톱이다. 아쉽게도 타보지는 못했으나 고풍스런 건물,
동상들과 어울려 달리는 트램은 낭만을 더해준다.

열심히 일하다

우리는 간혹 단순한 진리를 까먹는다.
"인간은 일을 해야 하고, 그래야만 먹고 살 수 있다"는 진리다.

여행은 나에게 '쉼'이지만 그곳의 누군가는 어제처럼 오늘도 일을 해야 하는
날이다.
그러하기에 벽에 매달려 건물을 청소하고, 기초를 닦고, 전화선을 연결한다.
또 그러하기에 한국으로 돌아가면 내가 해야 할 일들이 머릿속에 어른거린다.
잠시 '꺽정스러움'이 밀려오는 것은 어쩔 수 없다.
또 또 그러하기에 그들이 쉼을 누릴 때 나는 열심히 일할 것이다.
또 또 또 그러하기에 여행은 "사람은 어디에 있건 살아가는 모습은 똑같다"는
평범한 진리를 깨우쳐준다.

Welcome to My World

흥겨우면서도 왠지 서글퍼지는 것은 이들의 노래가 러시아 전통 민요이기 때문이다.

한국의 '아리랑', 이탈리아의 '산타루치아'(Santa Lucia), 일본의 '모가미강 뱃노래'(最上川舟歌), 인도의 '라무는 내 친구'(Chal Chal Chal Mere Saathi), 영국의 '올드랭사인'(Auld Lang Syne), 미국의 '나의 사랑 클레멘타인'(My Darling Clementine), 탄자니아의 '말라이카'(Malaika)….
흘러간 시간, 희미해진 옛사랑, 떠나간 친구, 그립지만 돌아갈 수 없는 고향, 아름다웠던 유년시절, 인생의 덧없음이 가락에 담겨 있다. 그래서 민요는 우리의 심금을 울린다.

아코디언을 켜는 남자와 그 옆의 키 작은 여자는 정통 슬라브족이 아닌 소수민족으로 보인다. 그러함에도 노랫소리는 청아하고, 아코디언의 선율은 맑다. 낯선 이들을 맞는 공연단 덕분에 여행은 더 추억에 쌓인다.

기념하거나 숭상하거나

한국의 대표 동상 이순신은 광화문 앞에 칼을 들고 우람하게 버티고 서 있는데, 한 외국인이 보고는 "제너럴 리는 왼손잡이였습니까?" 물었다 한다. 칼을 왼손에 들어야 하는데 오른손에 들고 있으니 왼손잡이 아니냐는 지적이었다. 그것이 옳은 지적이기는 해도 이순신은 오늘도 왼손잡이인 채로 서 있다.

러시아, 폴란드, 독일에도 엄청 많은 동상이 세워져 있는데 한국과 다른 점은 그 숫자가 비교할 수 없는 데다가 전쟁 영웅(이순신, 김유신, 을지문덕, 맥아더 등)이 주류인 한국과 달리 다양한 동상이 수려한 자태를 뽐내고 있다는 사실이다. 또 청동도 많지만 대리석 동상도 헤아릴 수 없이 많다.

왜 동상을 세울까?
구국의 영웅이어서? 사회에 헌신했기에? 대학을 세웠기에? 착한 일을 했기에? 실존하지는 않았지만 인간에게 행복과 꿈을 안겨 주었기에?
어쩌면 그 모두일 것이다. 아니면 단순히 멋을 위해서나, 가르침을 주기 위해서나, 국민을 통제하기 위해서일 수도 있다. 그 이유가 무엇이건 동상이 많을수록 좋은 것은 사실이다. 적어도 그 아래에서 멋진 사진 한 장은 찍을 수 있기에........

욕망이라는 이름의 그래피티

그림을 잘 그리는 것보다 재빨리 도망치는 것이 더 중요하다.
의미가 분명해서는 안 되며
알쏭달쏭 해야 하고
"어떤 놈의 자슥이 이곳에 낙서를 했담!"
어른들이 욕을 퍼부을 곳이어야 한다.
그것이 그래피티(graffiti art)의 생명이다.

스프레이로 벽에 그림(혹은 글자)을 그리는 행위가 언제부터 시작되었는지 알
수 없으나 백과사전에서는 2차대전 이후부터 시작되었다 한다. 애초에는 걸음마
수준이었으나 엄청난 발전을 이루어 주택, 공장의 벽, 지하보도, 굴다리, 철거
예정 판자촌 등에 다양한 그래피티가 등장했다.
유럽뿐 아니라 미국에 가면 다양하고 멋진 그래피티를 수없이 볼 수 있다.
그래피티의 성지라 불리는 뉴욕에서 워싱턴DC까지 가는 기차를 타면 이
세상의 온갖 그래피티가 넘쳐나고, 심지어 1km가 넘는 그래피티도 있다.
누가, 왜 그래피티를 만들까?
어쩌면 사회에 대한 반항, 욕망의 표출, 예술의 한 방법, 자신의 표현, 앙갚음의
하나일 것이며, 어쩌면 그 모든 것일 수도 있다. 이유가 무엇이든 온통 하얀
벽보다는 그림이 그려진 벽이 훨씬 낫고, 그것을 허용하는 국가가 그만큼
자유롭다는 뜻 아닐까?

러시아의 영원한 것들

리시아는 알기 어려운 나라다. 하긴 한국에서 100년을 살아도 알기가 쉽지
않은데 어찌 다른 나라를 알고, 이해하고, 공감할 수 있을까마는.....

러시아는 표면적으로는 공산주의이면서도 사실상 자본주의 국가다. 거리는
무척이나 깨끗하면서도 사람들은 비교적 불친절하고, 영어 간판이 없어
관광객에게 불편하지만 즐길 거리는 많다. 첫째는 동상이 많다. 프랑스나
독일에 비해 예술 감각이 뛰어난 동상이 적기는 해도 혁명 시대의 웅장한
동상은 이곳저곳에 많다. 영원히 그 자리에 세워져 있고, 붙어 있을 것이다.
둘째는 보드카라는 술이다. 한국의 소주, 프랑스의 와인, 영국의 위스키,
일본의 정종과 똑같은 위상을 갖고 있는 보드카는 순수한 물을 떠올리면 된다.
러시아라는 나라가 망해도 보드카는 사라지지 않을 것이다.
또 하나, 자작나무도 사라지지 않을 것이다. 대륙횡단열차를 타고 가면서 가장
오래, 가장 인상 깊게 만난 것은 끝없는 자작나무들이다. 그 자작나무들은
자라고, 베어져도 그 자리에서 또 자라난다.
그러기에 '동상, 보드카, 자작나무'는 러시아의 불변의 상징 아닐까 싶다.

설렘_ 자작나무와 분홍바늘꽃 사이

자작나무 숲
Oil on Canvas(90.9×34)

사랑을 노래하다

어느 피아니스트가 이사를 하게 되어 인부들을 불렀다. 계단으로 피아노를
옮기다가 그만 한 인부가 그 밑에 깔려 급히 119를 불렀다. 구조요원들이
오기를 기다리던 중 인부가 피아니스트에게 투덜거렸다.
"바이올린을 켰다면 이런 일이 안 생겼을텐데요."

기타리스트 김만영(30세)은 기타에 살고 기타에 죽는 청년이다. 전자기타를
능숙하게 쳤는데 −통기타도 잘 친다− 외모도 멋있으려니와 쓸데없는
멋을 부리지 않아 사람들의 인기를 한몸에 받았다. 그가 주로 연주한 곡은
'러브스토리'와 자작곡 '그대와 함께'였다. 물론 '아리랑' 이나 '애국가', '우리의
소원은 통일'도 자주 연주했는데 전자기타로 듣는 '아리랑'은 색다른 감흥을
주었다.

엉뚱하게도 나는, 그가 기타 장비를 힘들게 운반할 때마다 위의 유머가
떠올랐다. 호텔 창가에 앉아 오카리나를 연주하는 여인을 보고 "간편하게
하모니카나 오카리나를 연주했다면 참 편했을텐데" 하는 안쓰러움이 들었다.
하지만 그 안쓰러움이 무색하게 전자기타의 선율은 모든 사람의 마음을
행복하게 만들어주었다.

기차가 잠시 멈추었을 때 −아마 러시아 땅이었을 것이다− 플랫폼에서 달을
배경으로 멋진 연주를 했다. 연주곡은 기억나지 않지만 사랑을 노래하지 않았나
싶다. 지금도 눈을 감으면 기타의 멜로디가 귀에 울린다.

어기어차 노 저어라

배의 모양은 다 달라도
가고자 하는 곳은 다 같다.
잠시 바다 혹은 호수, 아니면 강 위를 떠다닐지라도
결국은 집으로 돌아간다.

구경을 하건
고기를 잡건
사랑을 속삭이건
배를 타는 이유는 다 달라도
소리는 같다,

어기어차 노 저어라!

희망을 안고 힘차게 노 저어라.
거친 풍랑이 몰아쳐도 나는 나아간다.
그것이 인생이기에.

설렘_ 자작나무와 분홍비늘꽃 사이

기차역에서 만난 아이
Oil on Canvas (45.5×45.5)

예술의 여러 모습

벽을 사이에 두고
남자는 여자가 궁금해 늑대처럼 들여다보고,
여자는 그런 남자가 어떤 남자인지 호기심을 억누를 수 없어 여우처럼
들여다본다.
현대인의 관음증을 묘사한 이 조각 작품은 러시아 어느 도시의 공연장 앞에
서 있다.

나는 '저런 늑대 같은 사내가 아니다'라고 방어벽을 칠 수 있는 남자는 몇이나
될 것이며,
나는 '문구멍으로 훔쳐보는 정숙하지 못한 여자가 아니다'라고 자신할 여자는
몇이나 될까?
혹은 나의 넘겨짚음과 달리 세상의 모든 남자와 여자는 점잖기만 할까.

하지만
만일 모든 남자와 여자들이 도덕 교과서대로만 산다면 세상은 정말
밥맛 없는 곳이 될 것이다.

호텔 벽에 걸려 있는 무시무시한 벽화는 무자비한 침략자와 용맹한 방어자의
대결을 웅장하게 보여준다. 호랑이까지 덤벼드는 절체절명의 상황에서 우리의
주인공은 과연 침략자를 물리칠 수 있을까?
말을 타고 진군하는 저 병사들의 최종 목적지는 어디일까?

상처 없는 영혼이 어디 있으랴

이 이야기는 조금 길기 때문에 인내심이 필요하다.

여행의 마지막 날 베를린 브란덴부르크 문 앞에서 큰 야외공연이 열렸다.
사람들이 적당히 자리를 잡았을 때 한 남자가 비어있는 맨 앞줄로 가서 앉으려
하자 진행요원이 "이곳은 VIP석"이라 일러주면서 다른 곳에 앉으라고 말했다.
그러자 그 남자는 씁쓸한 표정을 지으며 "끝까지 푸대접 받는구나" 한탄했다.
그 말을 듣고 나는 "여기 온 사람 중에 푸대접 받지 않은 사람 없습니다"라고
맞장구를 쳐주었다.
그 남자는 고개를 끄덕이고는 뒤편으로 갔는데, 그는 역사·인문학의 유명
대학교수이자 많은 책을 집필한 저술가였다. 이른바 VIP(그들이 누구인지는
독자 여러분이 판단하기 바란다)에 밀려 유명 교수는 뒤편으로 밀려날
수밖에 없었는데... 그의 '푸대접'이란 단어는 모든 여행객에게 적용되는 공통
감정이었다. 아이러니한 것은 그 역시 다른 사람들에 의해 적지 않은 비난을
받았다는 점이었다. 속칭 "교수랍시고 잘난 체한다"는 것이었다.

여행이 항상 즐겁고, 감동적이고, 흥분되고, 감격스러운 것은 절대 아니다.
특히 모르는 사람들과 함께 여행을 떠났을 때 마음에 상처입지 않고 돌아오지
않는 사람은 "한 사람도 없다" 해도 과언이 아니다.
여행 초기에 나는 영화 〈명량〉과 〈국제시장〉의 소설작가로서 어쩔 수 없이
'쪼끔' 주목을 받았는데 ―출발 전 언론에서 내 기사가 여러 편 나왔다― 그것이
장애물이 되었다. 원래 술을 마시지 않고, 약간 대인기피증이 있는 나는
사람들과 어울리는 편이 아니어서 혼자 돌아다니고, 사람들과 대화를 나눌
때 체면을 차리지 않고 직설적으로 이야기를 했는데 그것이 여러 사람에게
언짢음을 안겨주었다.

그러나 대부분의 사람들은 "작가라서 그러려나 보다" 하고 넘어갔는데 한 여자는 그것을 공격의 빌미로 삼았다. 약간 과장해서 이야기하면, 동네방네 돌아다니며 내 험담을 하고 다닌 것이었다.

그런데 시간이 흐르면서 반대의 현상이 나타났다. 험담을 들은 사람들은 나에 대한 편견과 선입견을 가지고 있었는데 막상 대화를 해보면 그렇지 않다는 것을 알고(내 생각에) 오히려 나와 더 친해졌다는 사실이다. 험담이 엉뚱한 결과를 가져왔으니 나는 그녀에게 고마움을 느끼는 전혀 예상치 못한 상황이 벌어진 것이다.

그러함에도 그것은 초반에 내게 큰 상처가 되었다. 그것을 씻어내는 데는 최소 4~5일이 걸려야 했다. 결과가 좋게 나온 것은 참으로 다행이고, 어떤 의미에서는 행운이었으나 그 행운이 모든 사람에게 적용되지는 않았다. 여행 후 만난 몇몇 사람은 대부분 추억과 즐거움에 대해 이야기하면서도 말미에 꼭 '마음에 입은 상처'를 빠뜨리지 않았다.

특별한 이유없이 비난을 받은 것, 단지 나이가 상대보다 적다는 이유로
'지적질'을 받은 것, 웃자고 한 이야기에 죽자고 대드는 것, 솔직하게 말했는데
건방지다고 따지는 것... 열거하자면 끝이 없다. 이런 이야기는 정말 유치하기
짝이 없다. 그런데 그런 유치하기 짝이 없는 일이 발생했던 이유는

첫째, 너무 많은 사람들이 함께 여행을 했다는 점
둘째, 여행객 모두가 제 분야에서 어느 정도 '잘났다'는 점
셋째, 그러한 자신을 내세우기 위해 타인을 무시한다는 점
넷째, 체면과 허례허식이 의식속에 강하게 자리잡고 있다는 점이다.

이 모두를 종합하면 '배려심이 부족했다'가 아니며,
'서로를 이해하려는 열린 마음이 없다'도 아니다.
'틀림'과 '다름'을 아직도 구분하지 못한다는 점이다.
'저 사람은 나와 다르다'는 것을 용납하지 못하고,
'저 사람은 틀렸다'고 지레 낙인을 찍어버리는 것이다.
그 낙인이 상대에게 상처를 주고 시간이 지날수록 자신에게도 상처를 준다.

설렘_ 자작나무와 분홍비늘꽃 사이

그러함에도 여행은 즐거운 것이다. 낯선 것에 감동하고, 입에 맞지 않는 음식을
억지로 먹어야 하는 진귀한 체험을 하고, 나이/학벌/직업/가치관/종교/고향이
다른 사람과 수다를 떨고, 내 나라에서는 절대 볼 수 없는 신기한 것을
구경하고, 다르게 살아가는 사람들의 이런저런 모습을 보고.....

결국 사람 사는 것은 다 비슷하다.
꿈을 안고, 가족을 위해 일하고, 돈을 벌어야 하고....
그 속에서 상처를 입지 않고 살아간다면,
타인에게 상처를 주지 않고 살아간다면,
'다름'과 '틀림'은 다르다는 것을 깨닫는다면
부끄럽지 않은 삶이 될 것이다.

어떤 사람은 슬픔을 딛고 서고, 어떤 사람은 슬픔 밑에 깔린다.

– 랠프 월도 에머슨

사람들이 살거나 살았던 건물들

애초에 동굴에서 살았던 때가 가장 편한 시절이었을 것이다.
비와 눈을 겨우 피하면서
빗살무늬토기에 음식을 담고
벽에 들소를 새기고...

이제 첨단 냉장고와
값비싼 그림으로 장식을 하는 시대이니
우리는 동굴로부터 너무 멀리 와 있다.

불을 환하게 밝힌 바르샤바 구 시가지의 건물. 관광객을 위해 일부러 조명을
밝힌 듯싶다.
벽돌 하나하나를 쌓아올려 지은 멋진 교회, 그러나 사람이 살지 않아 쓸쓸하기
그지없다.
러시아의 기차역들. 그 어디를 가든 현대식이 아닌 19세기의 건물들이고
천장에는 혁명시대의 그림들이 웅장하게 그려져 있다. 기차역 자체가
박물관이라는 사실이 살짝 부러워진다.

건축학도가 유럽에 갔다면 건축 사진만 찍어도 1만 장은 족히 넘을 것이다. 그
건물의 용도가 무엇이건 결국은 인간을 위한 것임은 분명한 사실이리라.

달과 함께 떠나다

달이 어디에 있건 다 똑같다고 생각하지 마라. 달은 항상 변한다.
만약 달이 없다면 인간은 지구에 생존하지 못했을 것이며
지구는 목성이나 토성처럼 황량한 별에 머물렀을 것이다.

달은 누가 만들었을까?
1. 우주의 대폭발로 자연스럽게 탄생했다.
2. 신이 인간을 위해 만들었다.
3. 외계인이 심심풀이로 만들었다.

모두 틀린 답이다.
달은 인간이 만들었다.
지구에 인간과 수많은 생물들이 살도록 하기 위해.

그러므로 우리는 그 인간에게 감사해야 하고
달을 사랑해야 하고
달을 탐사하고자 하는 부질없는 짓을 하지 말아야 한다.

자물쇠의 다른 용도

들고 남을 통제하는 것이 자물쇠의 용도.
채워 놓았을 때 그것이 아무리 작고 하찮을지라도
부수거나, 허락없이 들어가면 죄를 짓는 것!

이르쿠츠크 딸지(Taltsy) 박물관 출입구에 붙어 있는 오래된 자물쇠는
비록 홀로 매달려 있지만 당당하기 그지없다.
블라디보스토크 독수리전망대 철기둥에 매달린 수많은 자물쇠는 약속의
상징이다. 그 약속이 사랑임은 두말할 나위가 없다.

나에게서 도망치지 말 것
사랑이 변하지 않을 것

그러나 그 약속이 언젠가는 깨질 것임을 두 사람은 예감하고 있다. 그래서
수많은 자물쇠들은 아름답고 형형색색이어도 그저 신기할 뿐이다.
마치 사랑이라는 것이 한때의 신기한 감정인 것처럼....

군것질을 유혹하다

"결국 먹자고 하는 짓"
이라는 말은 가장 원초적이면서도
가장 근본적이다.

오로지 하루 세 끼의 밥만 먹는다면 인생은 모래벌판을 한없이 걷는 것
아침과 점심 사이에 복숭아 하나를 먹을 수 있어야 하고,
점심과 저녁 사이에 케이크 한 조각을 맛볼 수 있어야 하고,
저녁과 아침 사이에 술 한 잔과 치맥을 먹을 수 있어야 한다.
물론 때로 굶기도 해야 한다.

길고 긴 여행의 도중에 군것질이 없다면 수용소 열차를 탄 기분이리라.
전 세계 어디에도 있는(북한에는 없다 한다) 코카콜라가 우리를 반기고,
이름을 읽기 어려운 과자가 있고, 컵라면도 있다. 핫도그도 팔고
아이스크림도 판다.
이런 군것질을 놓치지 않으려면 동작이 빨라야 하고,
반드시 러시아루블 현찰이 있어야 한다.
기차가 멈출 때 잽싸게 내려 후다닥 뛰어가
군것질거리를 사지 못하면 여행의 재미를 놓치고 만다.

전혀 쓸모없는 것들

무언가를 모으는 취미를 지녔다면
그것이 무엇이든 처음 1년 동안 100개는 너끈히 모을 수 있다.
그 다음 1년에는 30개 정도로 떨어지고 그 다음 1년에는 10개로 하락한다.
이때 중요한 것은 멈추지 않음! 이다.

어느 날 문득 이 세상의 병뚜껑을 모으면 몇 개까지 모을 수 있을까?
궁금증이 들어 시작한 병뚜껑 모으기는
한국, 일본, 아프리카, 미국, 태국을 돌며
대략 600개까지 모았다.
그리고 러시아/폴란드/독일 3국을 횡행하며
146개의 각기 다른 병뚜껑을 주웠다.
그래서 이제 750여 개에 달한다.

무엇에 쓰느냐고?
아무 쓸모없다.
그저 허리를 굽혀 주울 뿐이다.

146개 중에서 나름대로 순위를 매겨 1~15위까지를 선정했다. 이 중에서 넘버원은 베를린의 상징인 곰이 새겨져 있는 금빛 맥주병 뚜껑이다.

낯선 나라에 갔을 때 그 나라를 상징하는 선물도 값어치가 있지만
돈 한 푼 들이지 않고 추억을 간직할 수 있는 그 무언가를
꾸준히 모은다면 훗날 박물관도 차릴 수 있다.
그러기 위해서는
남의 눈치를 무시해야 하고 꾸준해야 한다.
어려우면서도, 어렵지 않은 일이다.

사람들은 다르게 살아간다

그가 어떻게 살건 내가 왈가왈부할 것은 아니다.
그의 인생은 그의 것!

한 남자는 지붕에 올라 수리를 하면서 일당을 번다. 우리돈으로 8만원은 넘지
않으리라. 하루를 일용할 양식은 되지 못할지라도 헛된 시간을 보내지 않았기에
그의 인생은 충만하다.

한 남자는 예카테린부르크 피의 사원(Cathedral of the Resurrection of Christ)
앞에서 구걸을 한다. 자비로운 손길을 통해 하루를 취할 보드카 한 병 값은
충분히 벌 것이다. 그럼에도 그의 인생은?

누구의 인생이 아름다운 것인지 굳이 따지지는 말자.
어떻게 살건 인생의 종착지는 죽음이지만
살아생전 세상을 위해 무언가 자그마한 일이라도 했다면
그의 인생은 정녕 가치있다.

그의 이름을 불러다오

내가 그의 이름을 불러주기 전에도 꽃이었고
부른 후에도 꽃이었다.

야생화...
들판이나 강변, 숲속 어딘가에 피어 사람들의 눈길을 끌지 않고
조용히 짧은 시간을 살다가 조용히 시드는 것이 야생화의 운명.
그러기에 가녀리면서도 강하다.
이름 없는 들꽃이 아니요, 이름 모를 들꽃도 아니요, 자신의 외모에 맞는 이름을
지녔다.
박학(薄學)한 내가 그 이름을 모를 뿐.

유럽에서 만나는 야생화는 한국에서도 볼 수 있는 꽃들이다.
유럽과 아시아의 경계가 우랄산맥이라 하지만 어찌 꽃이 경계를 지을까?
땅이 있고 햇빛이 있고 공기만 있다면 야생화는 스스로를 피어 올린다.

분홍바늘꽃

좁은잎해란초

달구지풀

나리잔대

긴가락보리풀

스스로가 행복하면 행복하다

환한 웃음 뒤에 어찌 아픔이 없을까?
아름다운 옷 뒤에 어찌 애달픈 그리움이 없을까?
천진난만한 소년의 짧은 지난날에 어찌 상처가 없을까?
딸바보 아버지의 마음에 어찌 근심이 없을까?
아이스크림을 먹는 아리따운 소녀에게 어찌 실연의 고통이 없을까?

그럼에도 인생은 살 만하다.
내 스스로가 행복하다고 생각하면
행복을 만들어갈 수 있기 때문에.

언젠가는 살아서 만나리.......

여행은 낯선 나를 찾아 떠나는 험로이며,
먼 길을 돌고 돌아 결국 집으로 돌아오는 여정이다.
그 길에서 만난 사람들의 얼굴을 기억하고,
살아가는 다양한 모습에 공감하고
그 속에서 잊혀진 나를 발견하면 그것만으로 충분하다.

이 병사가 무사히 돌아왔는지
아니면 어느 참호에서 처참하게 산화했는지는
아쉽게도 알지 못한다.
단지,
무사히 여인에게 돌아왔기를 바랄 뿐이다.
그래서 사랑을 영원히 이어갔기를 바랄 뿐이다.

세상에서 가장 값진 것은 돈도 아니요, 권력도 아니요, 명예도 아니요,
어떤 의미에서는 행복도 아니다.
살아있음이 가장 중요하다. 살아있기만 한다면 이 모든 것을 누릴 수
있기 때문이다.

그대여, 세상을 살아라! 온힘을 다해 정열적으로!

저자 소개

글 | 김호경

1997년 장편 〈낯선 천국〉으로 '오늘의 작가상'을 수상하면서
등단했다. 소설 〈마우스〉, 〈비열한 거리〉, 〈카펜터의 위대한
여행〉, 여행에세이 〈가슴 설레는 청춘 킬리만자로에 있다〉,
인문에세이 〈우리들의 행복했던 순간들〉, 천만 관객을
동원한 스크린소설 〈명량〉, 〈국제시장〉, KBS 대하드라마
〈징비록〉, 컬러링북 〈프랑스 컬러링 여행〉, 〈이탈리아
컬러링 여행〉, 〈그리스 컬러링 여행〉, 〈스페인 컬러링 여행〉,
소설 〈남자의 아버지〉 등을 집필했다.

그림 · 사진 | 이승현

계명대학교 미술대학 서양화과를 거쳐 러시아
상트페테르부르크 국립미술대학교를 졸업했다. 대학미전
동상, 대한민국 누드대전 대상, 대한민국 미술대전 특선,
겸재 미술대전 우수상 등 여러 상을 받았다.
그동안 개인전 6회를 비롯해 인도 아트페어, 아트서울,
문화예술 유명인사 기획전, 러시아 교류전, 향전 등 50여
회의 그룹전에 출품했다. 현재 계명대 서양화과에 출강하며,
한국 인물작가회 회원, 자관전 회원으로 활동한다.
http://artinkorea76.com

사진 | 김인철

성균관대 정치외교학과를 졸업하고 서울신문에서
만 29년 동안 기자로 일했다. 환경부 출입기자,
한국환경기자클럽 회장, 공공정책부장, 논설위원, 제작국장
등을 지냈다. 2008년부터 '김인철의 야생화산책'(http://
ickim.blog.seoul.co.kr) 블로그를 운영하면서 야생화의 생태
및 사진을 공부하고 있다. 2014년 6월부터 월간 〈브라보 마이
라이프〉에 '김인철의 야생화'를 연재 중이다. 지은 책으로
〈야생화 화첩기행〉(푸른행복출판사 2014)이 있다.